為你唱首心光燦爛

The Eternal Flame of Fire Forever

Lavender——著

目次

楔子

星星殞落

The Eternal Flame of Fire Forever

大街上的人潮都以為今天又是一個平凡無奇的日子，他們彼此推搡著向前進，直到手機響起了即時新聞的通知；有人點開內容查看，不禁驚呼出聲。許多人也紛紛停下腳步，看向一旁大樓外的電視牆播送著的相同消息，主播專業而清脆的聲音一字一句傳入他們耳中——

「即時快報！各位觀眾，接下來將為您插播一則新聞快訊：據傳今日下午三點十分左右，日前因嚴重車禍送醫的知名歌手朴炎彬，在經過四十八小時的搶救後依然回天乏術，享年三十四歲。此消息目前已被朴炎彬的經紀人及父母證實……」

Chapter 1

缺乏自信的一顆星

The Eternal Flame of Fire Forever

「好好笑喔，那個楚瓚熙從拿起麥克風前就抖抖抖抖抖個不停，就她這副慫樣還敢說是他們系的歌后，別笑死人了！」

「對啊對啊，哈哈哈哈哈，說不定她會封后還是他們系自己揶揄她的，根本沒什麼了不起好不好，我看這屆秋季盃茜茜妳穩的啦，冠軍肯定非妳莫屬！」

「就是說啊！剛剛那個當過歌唱選秀節目評審的老師也說茜茜妳很有冠軍相，所以不用擔心啦！而且啊，說不定妳很快就可以簽約出道了，到時候等著看楚瓚熙的笑話就好了。呿，什麼『歌后』啊?!不要笑死人了！」

「好了啦，妳們小聲一點，等等還有複賽要比，時間要緊。我看差不多了，我們趕快回去吧！現在應該已經開放簽到了。」

「對對對！我們趕快走吧！茜茜，妳的冠軍獎金可別忘了回饋我們幾個姐妹啊，我已經想要買那款專櫃品牌新出的香水很久了——」

秋季盃校園歌唱大賽的中場休息時間，在距離會場最遠的廁所裡有幾個女生正吱吱喳喳個不停，與四周的靜謐形成了強烈的對比。

待她們的吵雜聲漸歇、腳步聲漸遠，本來安靜了一會兒的廁所又再度發出聲響。一個的女孩解開喇叭鎖，從廁間裡緩緩走了出來；她面色憂鬱，似是被倒了幾百萬會仔錢那般。

沒錯，故事的劇情總都這麼安排：凡是在廁所裡講別人壞話，那個壞話中的主角就都會這麼剛好地也在廁所裡，此時此刻當然也不例外。

她正是方才她們口中嘲諷的人——楚瓚熙。

楚瓚熙先是停駐在鏡子前，盯著自己那愁苦的臉色冷冷地笑了笑，接著旋開水龍頭，捧了兩把水往臉上潑。

不曉得是犯了小人還是太歲，她覺得這個月肯定是自己此生最倒楣的時期。

月初時，她從小喜歡到大的偶像歌手朴炎彬嚴重車禍後送醫不治，她日日以淚洗面，哭得那叫一個肝腸寸斷、傷心欲絕；現在好不容易心情較為平復，鼓起勇氣來參加這次的秋季盃歌唱比賽，卻還是輸給了緊張的情緒。

賽前，她屢次撫著胸口順氣，要自己放寬心，並做了好幾回合的深呼吸；可惜在上場見到表情嚴肅的評審後，她的種種調適便立刻化為烏有，雖然音準都有到，但那特別顫抖的尾音卻絲毫不給面子地出賣了她的不安。

「嗯……我不知道要怎麼評價比較好。江老師您怎麼看？」第一位評審在聽完楚瓚熙的演唱後便四兩撥千金地把難題轉交給第二位評審。

只見第二位評審躊躇了好一會兒，僅慢條斯理地用鉛筆戳著下巴，似乎並沒有想開口的意思，主持人也只好請看著比較倒楣的第三位評審發話了。

「就這麼說吧，妳的尾音太抖了，知道妳是因為太緊張，但想當一位專業歌手就要有面對觀眾的覺悟。現在光是只有我們三位評審加一名主持人妳就抖成這樣，下次等妳站上真正的舞臺、對著成千上百的聽眾表演時，妳是打算用歌聲把他們都嚇跑嗎？」

最後是以怎樣的心情離場的呢？楚瓚熙自己也不記得了，只記得她向評審們鞠了個躬後便落荒而逃，連再回頭看一眼的勇氣也沒有。

過了好半晌才終於回過神，她將水龍頭關上，琢磨著該如何跟支持自己的人交代，接著又對鏡子練習如何隱藏自己失落的表情，才總算有勇氣離開廁所。

只是還走沒幾步，她就習慣性地往口袋裡摸，發現手機被忘在剛才廁所的洗手台上，楚瓚熙只能無奈地嘆了嘆後原路返回，也幸好還沒走遠，否則這個地方——秋季盃的舉辦會場——她怕是暫時都不想再來了。

楚瓚熙回到廁所，拾起洗手台上的手機，而那一瞬間她意外地發現了手機螢幕上的異樣，楚瓚熙不可置信地眨了眨眼，試圖將全黑的螢幕看個仔細；不看倒還好，一看不得了，她登時嚇得把手機給摔了出去，原先呼之欲出的尖叫聲也被嚇得拋到了九霄雲外。

「妳看得見我？」聲音的主人從螢幕上飄出，來到了她面前，楚瓚熙驚恐得不知該作何反應，進沒路、退無步，只能與眼前這半透明形體的男人面面相覷。

「啊！——」

像是大夢初醒似的，楚瓚熙這時才意識到不對勁般地補上尖叫，還連連退了好幾步。

「妳真的看的見我？太好了太好了！終於有人看得見我了！」

「朴、朴朴朴朴……朴炎彬？對對對對、對不起啦，我我我不過就是個小小的粉絲，除除除除了對著你的海報發花痴之外再再再再沒有別的不軌意圖，你你你你你……我我我我我……」

原來，這個半透明形體、通常稱之為鬼或者幽靈的男人正是那位楚瓚熙從小喜歡到大，卻在這個月初不幸車禍離世的偶像歌手朴炎彬。

即便是自己從小喜歡到大的偶像，但見鬼了就是見鬼了，任憑一般人遇到這種特殊狀況也是吃不消，何況楚瓚熙她還不是普通地膽小……

「對對對！我就是朴炎彬！」朴炎彬邊說邊飄得離她越來越近，「太好了！妳不只看得見我，居然還是我的粉絲！我有些事想拜託妳，妳可不可以……欸小姐！小姐、小姐，妳醒醒啊……」

果然，才堅持不到一分鐘的時間，她就已經被嚇得昏暈過去，完全不省人事了。

☆　☆　☆

待楚瓚熙醒來時已屆傍晚，她睜開眼睛環顧四周，發現自己正躺在學校保健室的床上，坐在櫃檯前值班的校醫察覺到了她的動靜，趕緊過去關切。

「同學，妳現在覺得如何？」

楚瓚熙看著眼前面容和藹的校醫，以及周遭一片白茫茫的景象，一時半刻竟想不起來自己為什麼會在這裡。

或許是她帶著疑惑的神情太過明顯，所以校醫便開口替她說明：「看妳身上掛著號碼牌，應該是參加今天校內秋季盃歌唱比賽的選手吧？可能是過度緊張加上有點低血糖，剛剛已經緊急為妳做了點處理，現在還有任何不舒服嗎？」

楚瓚熙點了點頭，又搖了搖頭，思緒依舊有些茫然；仔細回憶了一會兒後，她突然激動地跳下床左顧右盼，似乎是在確認稍早昏倒前看到的朴炎彬還存不存在。

在確認周遭皆不見朴炎彬的「鬼影」後，她暗自鬆了口氣，接著半是猜測、半是安撫般的告訴自己，或許是低血糖所以才出現了幻覺也說不定，加上月初朴炎彬逝世的消息確實帶給她不小的打擊，好比日有所思、夜有所夢的道理一樣，她當時肯定只是產生了幻覺。

楚瓚熙為自己找了個合情合理的藉口自我說服，接著微笑著向校醫道謝，表示自己現在感覺好多了。

「那就好。」聞言，校醫也不再留她，僅簡單地交待幾句「好好休息、放鬆心情、按時吃飯」後便讓她離開。

楚瓚熙離開醫務室，順路買好晚餐，回到了校外的租屋處。

脫掉鞋子、放下包包，她洗完手又喝了杯水，把電腦打開到平時看影片的網站後才開始吃晚餐。

今天的她不追劇，電腦螢幕上播的是這一期歌唱選秀節目的最新集數，楚瓚熙聚精會神地看了個仔細透澈，不時還會動筆寫下評審們給的分析或講評，以至於好好一頓晚飯，過了一個多小都還沒吃完。

顯然是對於今天秋季盃在初賽就被刷下來的敗仗耿耿於懷。

楚瓚熙不明白，為何她都已經練習了無數次，不管是歌詞、唱腔還是情感的投入都如此滾瓜爛熟，而且上臺前還做足了深呼吸，好讓自己不要緊張，但還是在真正上臺之後亂了方寸……

明明她可以表現得很好，但卻一而再、再而三地敗給緊張。每次都這樣，只要談及「比賽」二字，她彷彿就像被詛咒一般，永遠贏不了獎。

不過只要是比賽以外的時候，她都可以唱得輕鬆自在，凡舉系茶會、系聚會、班級聚會等可以表現的場合，她都能輕鬆自如地唱出聲，所以系歌后的名號也就不請自來了。

所以令她費解的是，為什麼與比賽無關的這些都沒有問題，然而一旦比賽這種重要時刻她就完全束手無策呢？

罷了，她放棄繼續深陷在問題的漩渦之中，還是好好思考下次到底還要不要報名參加比賽更實際，反正她既不圖比賽上的功名，也不圖得第一後的利祿；直接釜底抽薪，自此做個閒雲野鶴、再也不參加任何比賽也是個辦法。總之，只要還有聲音她就會繼續歌唱，參賽與否都無所謂。

但楚瓚熙思來想去還是覺得好不甘心，其他人就算了，偏偏她的敵人是翁茜茜，那個從高中時期就一直在歌唱上與自己針鋒相對的頭號大敵，唱歌只會炫技沒有靈魂，就愛在關公面前耍大刀，更聯合自己身邊的嘍囉來對她酸言酸語、冷嘲熱諷，楚瓚熙怎麼可能輸得心服口服？

「可惡！」她越想越氣惱，最後甚至還出聲低咒了句，隨即揉爛方才邊看影片邊做下的筆記，而後看了一眼桌上那已經沒有胃口再吃的便當，才動身稍做清理。

當她擦好桌子準備將垃圾提出去丟時，在轉身的那一霎那朴炎彬突然出現，又將她嚇得手一鬆，使得整袋垃圾掉滿地，房間瞬間一片狼藉。

「妳別害怕，我只是有事情想請妳幫忙，我不會傷害妳的，我保證！」像是害怕楚瓚熙這位近期以來唯一能看見自己的救命稻草又再次昏死過去，朴炎彬趕緊開口把話說清楚，還用手比了個三作為發誓。

顧不得滿地的凌亂，更顧不上朴炎彬不會傷害的保證，楚瓚熙慌了，全身上下瑟瑟發抖，不曉得該如何反應，她甚至還偷偷捏了一把大腿肉，試圖證明眼前的一切只是幻象，但那真真切切的疼痛卻澈底將她的否認給推翻。

是真的，那個她從小喜歡到大的偶像真的出現在她面前了，可她卻絲毫高興不起來。

她下意識地往後退，直到後背抵著牆面、無路可退為止，就這樣與朴炎彬對視了足足有五分鐘，直到朴炎彬說了這句話才回過神：「妳看，妳身後的海報是我、筆電的桌布是我、滑鼠墊上的圖案是我、衣櫃前掛著的T-shirt也印了我的臉。既然我這麼可怕，那為什麼妳滿屋子幾乎都是我？」
「因、因為、因為……」楚瓚熙被朴炎彬的話堵得語塞，瞬間找不到任何理由反駁，只能任由他繼續講。
「我不過就是換了一種方式存在，我也不想這樣……」嘆了口氣，朴炎彬的表情逐漸黯淡，語氣也充滿無奈，「我也不想在還這麼年輕的時候就變成這樣，我還有好多事情想做、想要完成，而且這個世界我還沒有探索夠，才不想這樣莫名其妙就離開。能不能求求妳幫幫我？我等了一個月才等到妳，再拖下去我就真的沒時間了！」
聽完朴炎彬的話，楚瓚熙仍舊無動於衷，不曉得是不是已經被嚇得魂不附體，她就只是一動也不動地呆呆站在那兒。
「我拜託妳！」見楚瓚熙沒有回應，朴炎彬又再次發出了請求，而他這樣雙手合十、模樣誠懇的態度似乎也讓楚瓚熙為之動容，稍稍卸下心防，努力克服自己對鬼的恐懼。
「妳願意幫我了？」看見楚瓚熙的表情轉為柔和，朴炎彬喜出望外，但下一秒卻見楚瓚熙搖了搖頭，朴炎彬的臉也跟著垮了下來。
「為什麼？」朴炎彬問，可最後卻又失笑地垂下頭，「算了，沒關係，就算是我都不應該這樣強迫妳，抱歉打擾，我先走了。」
說完後不到一秒，朴炎彬就消失得無影無蹤。
望著眼前似夢一般的情形，楚瓚熙還處於一種很不可思議的狀態。

在聽見朴炎彬說自己「等了一個月才等到她，再等下去就沒時間了」的時候，她其實就已經心軟，之所以會搖頭並非不想幫忙，而是不知道要怎麼做；楚瓚熙不過就一個大學生而已，這樣的她又能幫一個已故的偶像明星做什麼呢？不僅生活圈大相逕庭，況且這麼玄妙的事說出來有誰會相信？

算了，雖然有些於心不忍，可比起跟她繼續耗著，還不如讓朴炎彬趕緊去找下一個看得見他、又有能力幫上忙的人才最要緊，而自己唯一能做的就是祈禱一切順利。

☆ ☆ ☆

「不會吧？楚瓚熙妳怎麼會輸？」

「對啊，怎麼會這樣？而且還是在初賽就被刷下來，妳到底是怎麼了？」

「就是說啊！居然讓那個翁茜茜贏了第一⁈他們系向來就看我們系不順眼，怎麼可以讓他們繼續囂張啊！」

「對嘛！我早就有預感妳唱那首不適合，妳幹嘛不換曲目？」

隔天到校之後果然如她所料，在她自首秋季盃初賽的滑鐵盧前，便已有知情者將整件事詔告散布，害得各種失望與質問的聲浪四起。

她居然忘了這比賽不只是她個人的榮辱，而是代表了他們整個系；要對抗的也不只翁茜茜一個人，還包括了翁茜茜他們整個系。面對大家的七嘴八舌，楚瓚熙一張素淨小臉低得不能再低，只能一直向眾人賠不是。

幸好最後班代出面緩頰，表示兩系戰爭必有輸贏，且既然是全系上的事，那就不能只把責任丟給楚瓚熙一個人背，比起楚瓚熙，現在在這裡事後諸葛、紙上談兵的閒雜人等更為糟糕，還不如團結起來韜光養晦。

想當然耳，在聽到這樣句句在理的公道話後，那些只會說風涼話的人便做鳥獸散。待他們走後楚瓚熙才終於舒了口氣，見狀，班代善解人意地拍了拍她的肩膀，要楚瓚熙別放在心上，而她則回以一個笑容表示自己沒事。

☆　☆　☆

隨著秋葉枯黃寒風颼起，時序入冬。

周末時，楚瓚熙正在大賣場添購日常用品與保暖的毛衣，當她把所有需要的東西拿齊，準備到櫃檯結帳時，卻突然瞥見冷凍櫃旁可憐蜷縮的身影。

她愣了一下，隨即便認出那是朴炎彬，雖然楚瓚熙不知道他為什麼會出現在那裡，也不知道他究竟有沒有找到能幫助他的人了，但是她對於以鬼魂形態存在的朴炎彬已不再感到害怕，猶豫再三後還是決定朝他走過去。

「是妳？」朴炎彬見到楚瓚熙也愣了一下，但隨後卻冷冷地要她離開，「我可沒有故意顯靈給妳看喔，是妳本來就看得到我了。快點走吧，這裡可不是個昏倒的好地方，上次妳倒在廁所，我可是費了九牛二虎之力才讓外面的路人發現妳，把妳扛到醫務室，現在這邊有監視器，我如果又輕舉妄動，絕對會上新聞，而且還是靈異專欄的頭版，標題大概會寫：『驚！某賣場的冷凍櫃無端飛出蔬果海鮮，旁邊橫躺一位失去意識的女子』之類的。」

「找到了嗎？」無視朴炎彬的驅趕，楚瓚熙逕自問道：「你有找到其他能看見你的人嗎？」

「妳說呢？」朴炎彬反問她，「如果已經找到的話，我還需要待在這裡嗎？」

聞言，楚瓚熙陷入了沉思。本來就已經心軟的她，再加上剛剛聽見朴炎彬說是他讓人把昏倒的自己送往醫務室，這下就更萌生出想要助他一臂之力的念頭。

「我幫你吧。」這下，楚瓚熙不只有想，還真的說了出口，甚至都沒問到底需要幫些什麼忙。

「真的？」朴炎彬喜不自勝地從地板上跳起來，楚瓚熙直接撞進了他那喜悅的眼神之中，「妳真的要幫我？可妳之前明明就——」

「之前是之前，」楚瓚熙沒讓他把話說完，「況且你不是說剩下的時間已經不多了嗎？好歹你也是我一直都很喜歡的偶像，能幫你做點什麼也是我的榮幸。」

「真的啊？那真的是太謝謝妳了！我還以為自己最後只能抱憾而終，沒想到妳竟然會改變主意，我真的太高興了！」

如果可以，朴炎彬此刻一定會高興得朝楚瓚熙撲過去，然而他現在什麼都碰不到也摸不著，只能不斷以鞠躬表達謝意。

楚瓚熙沒讓朴炎彬繼續拖拖拉拉，直接開門見山問：「所以……你要我幫什麼忙？」

Chapter 2

星星的願望

The Eternal Flame
of Fire Forever

「我想要過看看平凡的生活；想當一下普通人，體驗體驗大學生活。」

果不其然，在他們採買完畢一起回到楚瓚熙的租屋處後，朴炎彬提的第一項請求就難如登天。

因為要完成這個願望，首先還必須有個八字相合的人借予附身，但這樣的人並不是那麼好找，而且還要符合其他三項條件——

「第一，」朴炎彬笑笑地比出了左手食指：「必須要和我一樣都喜歡音樂；」然後伸出了中指：「第二，必須在出於自願的情況下將身體借給我，」再伸出了無名指：「第三，男性，而且要聰明、長得帥，風評還不可以太差。」

聽完上述三點，楚瓚熙的額頭青筋不小心抽動了幾下，這荒謬的要求還附加這麼多條件，會不會有點太超過？而且她要去哪裡幫朴炎彬找這麼一個人？

「不行，」楚瓚熙想了想後還是決定拒絕他，「我沒辦法，你這第一項和第三項還不算難，可重點就是八字相合還要出於自願，這到底要我怎麼找？還是你有沒有別的願望？我們先從其他簡單一點的開始。」

聽到楚瓚熙的話後，朴炎彬立馬垮下臉，並表示這已經是目前想完成的願望之中難度最低的了。

「這已經是最簡單的了？」楚瓚熙不敢置信地揚了揚眉，「那你說說看，其他的願望是什麼？」

聞言，朴炎彬略顯躊躇，想了想之後才回覆道：「其他的願望我還不能告訴妳，因為我還不確定能不能信任妳；還是先執行這一個吧！我雖然時間不多，但一個人我還是等得起的，所以沒關係，讓我先跟著妳去上學、過過乾癮也行。」

忍下想翻朴炎彬白眼的衝動，楚瓚熙仍是勉為其難地答應了。

「對了，」朴炎彬這才後知後覺地想起自己好像還不認識她，「妳叫什麼名字？」

「……」楚瓚熙表示無奈，可即便如此還是告訴了他，並且邊說邊寫下自己的名字。

「楚瓚熙，我的名字叫楚瓚熙。」

「好，我記住了，」朴炎彬盯著白紙上剛寫下不久的字跡，隨後認真看向楚瓚熙的眼睛，「謝謝妳，瓚熙。」

☆ ☆ ☆

「哇哇哇！妳看那是什麼！瓚熙瓚熙瓚熙、瓚——熙……楚瓚熙！妳幹麼都不理我？」

隔天，真把朴炎彬這位偶像大明星帶來一起上課的楚瓚熙，瞬間有點後悔為什麼要告訴他自己叫什麼名字，更後悔為什麼在賣場冰櫃旁瞥見他時沒有直接無視走人。

朴炎彬不曉得是太過興奮，還是將近一個月沒人陪他說話悶得發慌，現在遇上了楚瓚熙這個好人、好機會，竟就好好地當起了話癆，在進了教室後看到什麼都覺得無比奇特，每過幾秒就要歡呼一下，且還時不時地像這樣拼命呼喊楚瓚熙，想要跟她分享喜悅。

「噓！」楚瓚熙不耐煩地低聲轉過頭，要朴炎彬別再吵她了，「那不就只是台投影機而已嗎？別告訴我你一個堂堂的大明星沒見過這種東西。好了，不要再說話了，你這樣真的會打擾到我上課，而且這裡就只有我看得見你，我要是跟你說話會被人當作是在自言自語。」

朴炎彬無辜地扁扁嘴，稍稍安靜了片刻後隨即故態復萌。

而楚瓚熙則是無奈地搖搖頭、摀住了耳朵，強裝鎮定地繼續聽講，但其實半天課下來，她被朴炎彬害得幾乎什麼都沒聽懂。

「欸，」楚瓚熙下午有堂很重要的必修課，於是她趁吃午餐的時候板起臉孔、表情嚴肅地跟興致盎然的朴炎彬說：「你等一下真的要安靜了，下午我有堂很重要的課，如果漏掉一節沒仔細聽，那下一節就會銜接不上。所以我真的拜託你，就算看到什麼驚奇的東西也不要再和我說話了。」

「那怎麼可以？」對於楚瓚熙的要求，朴炎彬可不樂意了，「我好不容易找到一個能和我說話的對象，結果妳現在卻叫我不能講話？」

然後楚瓚熙直接無視他，逕自低下頭吃飯，而朴炎彬卻誤以為是自己真惹楚瓚熙生氣了，只好乖乖答應，還順口再多碎嘴了幾句：「奇怪，妳不說是我的粉絲嗎？怎麼一點都沒有粉絲的樣子？第一次看到我的時候直接嚇暈，現在我跟妳講話還嫌我吵，還是其實妳是黑粉？」

楚瓚熙瞪了他一眼，稍作思考後才說：「你確實是我的男神，而我也的確是你粉絲沒錯，不是黑粉，但你現在是鬼不是人耶，隨便一個普通人碰到這種狀況，應該也會跟我一樣被嚇昏了吧；再說了，要是知道你本人這麼吵，我可能會考慮換個男神喜歡，譬如曾彥好像就不錯。」

「我不許妳喜歡那個傢伙！」一提到「曾彥」這個名字就像是戳到了朴炎彬的痛處，誰讓曾彥總是跟他爭金曲獎，還搶走了他不少資源，檯面上檯面下各種明爭暗鬥；而也有follow到這些的楚瓚熙當然是故意的，誰叫朴炎彬那麼吵。

「那就拜託你下午的課別再吵我了，否則回去之後我馬上把你的周邊全部換成曾彥的。」瞬間，楚瓚熙的威脅奏效，朴炎彬只要一想到回去之後要看到滿屋子的敵人，就不禁覺得反胃；他二話不說，立馬用手在脣上比畫，做出了個拉拉鍊的動作，乖乖安靜。

一直到楚瓚熙上完課、放了學，差點被教室門外堆積的雜物絆了個踉蹌時，朴炎彬才又開口。

「你怎麼不跟我說那裡有堆東西？」楚瓚熙瞪著剛剛比她早出來，正飄在門口半空中等她的朴炎彬。

朴炎彬眨了眨眼，滿臉無辜，「不是妳不讓我說話的嗎？」

☆　☆　☆

「欸，妳是不是就是所謂的邊緣人啊？不然我怎麼看妳幾乎都沒跟什麼人來往，而且午餐也都是自己一個人吃，是太孤僻了還是人緣太差？」

跟著楚瓚熙的這一星期以來，朴炎彬觀察到，楚瓚熙並不像青春偶像劇裡演的那樣有很多朋友，然後一起吃吃午餐、逛逛街，而是獨來獨往，除了分組作業之外大部分都是自己一個人待著，吃午餐的時候也是，就連大家最愛相約的晚餐時間，她也都是隨意買個便當，獨自回到租屋處配著網路劇解決。

這下不只楚瓚熙有點後悔為什麼要答應幫他，連他也有點後悔為什麼要找這個邊緣人幫自己體驗燦爛的大學生活了。

「會嗎？」聽了朴炎彬說自己孤僻後，楚瓚熙反問：「我這樣會很孤僻嗎？其實像我這樣的大學生不少啊，上了大學之後大家都是成年人，都有各自的生活規畫，同學間的情感與凝聚力本來就不會那麼強。我倒覺得是你對大學的生活開了濾鏡才會這麼想體驗吧？」

「才不是！」朴炎彬反駁道：「我的大學生活可精彩了！」

「你的有什麼好精彩的？」楚瓚熙對朴炎彬所言表示懷疑，「據我所知，你念大學的時候我差不多在上小學，我還記得那時候新聞有報說你邊上課邊趕通告，結果在直播節目上累昏了，當時連續好幾天都占據了娛樂版的頭條，這種累倒的狀態你居然說是精彩？而且既然已經精彩過了，那為什麼又會變成你死後的遺憾？」

朴炎彬的顏面一瞬碎了滿地，他沒想到這些連他自己都快忘了的事，楚瓚熙竟然記得如此一清二楚。

「那那那不能算，那純屬意外；」朴炎彬趕緊換了個說法，「是我同學們的大學生活很精彩，這樣可以吧？那時候看著他們聯誼、夜衝夜唱、四處玩樂就覺得很羨慕，可是我沒辦法，我只能看著他們在我背台詞的時候聊八卦，在我背歌詞的時候討論要搶誰的演唱會門票，在我趕通告的時候出遊去玩，我的大學生活基本上就跟已經出社會的人沒什麼兩樣。」

「唉呦，好啦知道了。你等一下把跟你相合的八字寫給我，要換算成國曆的喔，不然農曆要找有點麻煩；我有同學是學生會的，應該可以稍微幫忙查一下。」

「哇賽！學生會的耶！」朴炎彬一聽，眼睛都亮了起來，「我收回剛剛說妳孤僻的那句話！瓚熙最棒！妳朋友最多了！」

「你廢話少說，喏，」楚瓚熙將剛從微波爐裡拿出來的便當挪到朴炎彬面前，「你趕快吧，我餓了。」

「耶！」朴炎彬對著楚瓚熙遞過來的便當卯足勁地大力吸氣，這是他成為鬼之後的進食方式，雖然鬼本身不需要吃東西，但朴炎彬很喜歡透過這種方式感受人間的食物，不過他還是很懷念可以用嘴吃飯的日子。

難怪人家都說能吃就是福，現在的他就特別想吃雞排和珍奶。

☆ ☆ ☆

「都已經過三天了，妳那個學生會的同學是找到了沒？」
朴炎彬算了算自己所剩的日子，覺得這件事應該要速戰速決。
「沒那麼快，我那同學只是個小小的跑腿，何況全校有那麼多科系那麼多人，總得給她一些時間。」
「一些時間？多久？」
「嗯……兩三個月吧。」
「不行！」聽到還要等那麼久，朴炎彬坐不住了，他馬上從楚瓚熙旁邊的座位上跳起來，「我還有別的事要做，所以這件事不可以再拖了！」
才剛說完，朴炎彬立時就要楚瓚熙現在趕緊到學生會查明，若不是上課鐘聲及時響起，否則她就真的得去蹚這渾水；而且學生會長還是她的死對頭翁茜茜，楚瓚熙可以託人幫忙，卻絕不願意親自出馬。
「現在已經上課了，你稍安勿躁。」
朴炎彬真是可恨自己碰不到、摸不著她，否則誰會在意上課鐘響？他就是連捆帶綁也要把楚瓚熙拉去學生會。
他本來還想強硬地逼迫楚瓚熙想辦法翹課潛入學生會，卻又想起上回楚瓚熙威脅說要把他的周邊全部換成曾彥的，朴炎彬只好作罷，安安分分地等待。
原先以為要等到下課才有一線轉機，可沒想這機會竟在此時自己送上了門。

「宋云圭你好大的膽子，連我的課你都敢翹！」

上課鐘響過了十分鐘，教授已經準備好要開始講課了。與此同時，後門突然鑽入一抹人影，而竟好死不死地就被講臺上的教授一覽無遺。

原來這個人是他們班的翹課王，只打算上滿能順利拿到學分的堂數，又恰好成績不錯，所以有些老師才睜一隻眼閉一隻眼，但他們這堂課的教授正是系裡的大刀，可不像其他人那麼好說話。

「過來！」縱然宋云圭再聰明、再怎麼玩世不恭，都該為了學分尊重大刀，於是他只好依言坐到講桌的正前方，也正好就是楚瓚熙的右手邊。

「阿圭？阿圭！老天！真的是你！」其實在宋云圭剛從後門進來時，朴炎彬就覺得他有點面熟，原本只是猜測與懷疑，但在教授直接叫出「宋云圭」三個字的瞬間，他也認出這位已有兩年沒見的好兄弟。

「你認識他？」礙於坐在大刀面前的楚瓚熙不能說話，只能提筆將語句寫在講義的空白處，以類似傳紙條的方式跟朴炎彬溝通。

「認識！」朴炎彬欣喜地說：「『Fire Forever』妳聽過嗎？那是我的地下樂團，他是我的吉他手，也是我忘年之交的好哥兒們；但自從兩年前我們團內五個成員大吵了一架後就休團到現在，這也是我的第二個願望，我想要復團，讓Fire Forever能再次活動！」

「真的假的？」朴炎彬這破天荒的祕密讓楚瓚熙驚得差點控制不住音量，但幸好教授並沒有注意到她的動靜，楚瓚熙才得以繼續和朴炎彬交流，「你之前說不知道能不能信任我，所以先不告訴我的事情，就是指這個？」

「對。」朴炎彬點頭，「不過，噓！因為我有跟公司約定，不能私下接受非公司指派的音樂業務，所以我創Fire Forever是違法的；之前不告訴妳，也是因為不知道妳是不是真心想幫我，但現在機會近在眼前，那也沒什麼不能說的了。」

「蛤?!」楚瓚熙不滿，「所以你現在不是因為信任我才告訴我的囉？」

「哎呀，我可沒有這麼說喔，而且我既然決定告訴妳，就代表我已經對妳有一定基礎的信任啦。」

楚瓚熙這次沒有回話，僅默默翻了他一個白眼。

片刻之後，朴炎彬又再次驚叫了聲：「啊！就是他了！絕對錯不了！」

「嘖，你又怎麼了？」

「就是他！我記得他的八字和我相合！」

☆　☆　☆

「你是認真的嗎？」趁著下課空檔，楚瓚熙忍不住把朴炎彬帶到人煙稀少的地方協商。

宋云圭向來獨來獨往，楚瓚熙跟他一點兒也不熟，也不相信他會答應幫這個忙；就算楚瓚熙告訴宋云圭，朴炎彬此刻就在自己身邊，她也不覺得對方會相信自己的鬼話。

「妳從哪裡覺得我不認真了？」朴炎彬雙眼真摯，「他就是再適合不過的人選了。妳看啊，他不但八字與我相符，還和我一樣都喜歡音樂，而且也很聰明，重點是長得很帥！」

「但他風評不好。」楚瓚熙秒回：「從你開始跟我一起上課到現在，這是你第一次見到他，他是我們系裡的翹課大王，而且剛剛你也聽教授說了，他差點就要進入必當的黑名單了。」

朴炎彬聳聳肩，「翹課這個我覺得無所謂，我可以接受，況且妳不覺得『翹課大王』這個名號挺酷的嗎？不然除了他，妳還有更合適的人選嗎？」

這話讓楚瓚熙霎時無語，然而目前確實沒有更好的人選，於是也只好搖搖頭。

「那就對了，我們的目標就是他了！」

找不到能拒絕的理由，楚瓚熙也只好順著朴炎彬，準備去拜託宋云圭幫這個忙。

「那個，同學你等一下。」大刀教授的課上完後，楚瓚熙趕緊叫住正要離校的宋云圭。

起初，宋云圭並沒有意識到那聲「同學」是在叫自己，所以絲毫沒有停下腳步，等楚瓚熙追到他面前，宋云圭才反應過來。

被擋住去路的宋云圭明顯很不耐煩，頻頻打量楚瓚熙的眼神也不大友善；他覺得很奇怪，明明自己大多數的時候都缺席，也不太愛和班上的同學打交道，怎麼今天卻突然被這個陌生人給找上了？

而楚瓚熙則是被盯得很不自在，宋云圭的態度給人一種壓迫感，可礙於朴炎彬就在旁邊看著，她也只能硬著頭皮繼續，並要宋云圭一起去人比較少的地方說話。

「有什麼話不能在這裡說？」宋云圭瞇起他那雙眼神略為銳利的眼睛，語氣刻薄道：「妳最好快點，否則我打工遲到，被扣的薪水就找妳賠；還有我醜話先說在前頭，妳如果是要跟我告白，那我可以直接告訴妳我不喜歡妳。請問我可以走了嗎？」

「才不是！我才不喜歡你！」聽到宋云圭這麼自戀的話，楚瓚熙差點沒暈倒，澄清的同時順便瞪了一眼飄在他旁邊偷笑的朴炎彬，然後才跟宋云圭提了「Fire Forever」這個名字，「這比告白還更需要找個隱密的地方說了吧？」

果然，在宋云圭聽到「Fire Forever」的那一霎那，原本高冷的表情不變，更不需要等楚瓚熙他帶去什麼隱密的地方，就直接拽起楚瓚熙的手腕，把她帶去靜僻的停車場角落。

「妳是誰？為什麼會知道？」本來以為在說了「Fire Forever」後，宋云圭的接受度就會比較高，也會比較願意聽楚瓚熙說話，但沒想到他的防衛心依舊那麼重，甚至還引發了嚴重的誤會，「妳是哪家媒體的記者？哼，果然沒有不透風的牆，說！妳是怎麼知道這件事的？又是怎麼跟拍到這裡來的？」

「我不是記者啦，」楚瓚熙吃痛地甩掉宋云圭抓得越來越用力的手，「……是朴炎彬告訴我的，他現在就在你旁邊，也是他要我來找你的，說希望你的身體可以借他附身，體驗一下正常大學生的生活，除此之外還想讓Fire Forever復團。」

「靠，妳神經病吧！」宋云圭這樣的反應完全是在情理之中，假如今天角色對調，是她聽到這種莫名其妙的話，大概也會有如此反應；所以楚瓚熙並沒有生氣，但是卻也想不到要怎樣證明自己的所言所語。

「我在趕時間，懶得跟妳囉嗦；我不管妳這話到底是真是假，也不管妳到底是從哪聽來的，我警告妳，要是這件事被其他人知道了，我一定不會善罷甘休。更何況他都已經離開好幾個月了，妳居然還想用他來蹭熱度、炒新聞，做人是有沒有那麼無聊？」

「就說我不是記者了你怎麼……」宋云圭對楚瓚熙的解釋置若罔聞，看了眼手錶就騎上旁邊一臺白色機車、戴上安全帽，快速地轉動油門揚長而去。

「唉，」望向宋云圭離開的方向，朴炎彬嘆了口氣，「他怎麼還是這樣，已經叫他要改改這麼難相處的個性了，結果還是老樣子。」

「那現在怎麼辦？」楚瓚熙看著朴炎彬，覺得自己以後的日子怕是要難過了，雖然宋云圭很少來學校，但楚瓚熙不怕一萬、就怕萬一啊。

而且比起她會洩漏Fire Forever的事情，她還更擔心宋云圭會把自己今天跟他說的話散布出去，這樣她以後還怎麼在學校裡混啊?!

不過相較這些，朴炎彬的一句：「當然是繼續拜託他囉，不然怎麼辦？」才讓楚瓚熙更為心寒，甚至他還厚臉皮地舉出三顧茅廬當例子，「怎麼這麼笨？這點道理妳怎麼會不懂？劉備可是拜訪了三次，諸葛亮才願意來當他的軍師，我們這才第一次，沒事；就再接再厲，繼續努力啊。」

楚瓚熙無言地翻了他一個大白眼。

✩ ✩ ✩

「妳這樣是在消費死者妳知道嗎？很缺德！」

自從上週被大刀點名之後，宋云圭大概也怕了，所以他這週不只準時出現在教室，甚至還提早了半個小時抵達。

但如果早知道提早半小時來會被楚瓚熙繼續糾纏，那麼他大概寧願壓秒。

「我也不想這樣，而且我已經說過我不是記者了，如果我是記者，我還用得著來徵求你同意，或是這麼光明正大地告訴你，我這個外人已經發現你們的祕密了嗎？」

楚瓚熙十分無奈地朝飄浮在他身邊的朴炎彬喊：「你這個始作俑者就不能顯靈給他看一下嗎？他不相信我，我就不能幫你了啊！」

然而朴炎彬卻只能搖頭苦笑，還彷若豬隊友那般的回她：「沒辦法，顯靈什麼的我辦不到，否則我當初何必找妳當媒介呢？」

楚瓚熙聽到這番話都快氣死了，可她還是盡量保持冷靜，並且努力思考其他可行的說法。

「行了吧？自言自語演給誰看？我可不信妳這套，妳最好趕快走，否則我要報警了。」

「哼，走就走，反正也不是我要找你的！」接著楚瓚熙賭氣似的，用力把書包放到宋云圭旁邊，「但這裡也是我的教室，我坐這裡你總不能叫警察來抓我吧。」

「愛坐不坐。」宋云圭抓著書包站起身，換到了距離楚瓚熙最遠的位子。

在宋云圭走後，楚瓚熙望著朴炎彬，眼神就像是在說：「你看吧，所以怎麼辦？」

朴炎彬暫時也想不到什麼好辦法，只能微微一笑，表示自己的無能為力。

☆　☆　☆

「宋云圭！你這隻死木魚給我站住！」楚瓚熙跟朴炎彬討論後，決定使出最後一招殺手鐧，用「死木魚」這個只有Fire Forever之間才知道的綽號，同時也是宋云圭很討厭的暱稱來叫他。

這一叫還真不是普通地有效，宋云圭瞬間就停下了腳步，瞪著雙眼轉了過去。

「哇哇哇！他終於有感覺了！欸但這招你怎麼不早說？害我們浪費這麼久的時間。」在見到宋云圭停下了腳步後，楚瓚熙側頭對朴炎彬小聲咕噥。

但朴炎彬此刻卻顧不得給予任何回應，要她趕緊趁勝追擊再補一句：「兩年前你寫的那首〈編號六號〉，後來到底有沒有把我說很難聽的地方改掉？那裡聽起來真的很怪！」

楚瓚熙像隻愛學人說話的鸚鵡，將朴炎彬所說的一字不漏告訴宋云圭後，他不只瞪大雙眼，就連聲音也開始顫抖了起來。

「妳、妳……這些妳怎麼會知道？不可能、不可能！」顯然，宋云圭動搖了，但這一切真的都太過不可思議，饒是他想要相信，也會下意識否定。

「我沒騙人，喏，」楚瓚熙用頭努了努朴炎彬所在的方向，「他真的就在這裡，不然這些私事我是怎麼知道的？」

聽了楚瓚熙的話後，宋云圭覺得周遭的空氣凝結了有一世紀之久，他的腦袋空白了好長一段時間，直到聽見楚瓚熙的話後他才又猛地回過神。

「沒關係，可以理解，」楚瓚熙心有戚戚，「我第一次看到朴炎彬的時候比你還要震驚，我那時候甚至當場暈了過去，你還挺得住已經算很厲害了。」楚瓚熙言歸正傳：「好，我知道你已經相信我說的話了，朴炎彬的靈魂真的就在這裡；所以你可以幫忙他嗎？」

「哼，」沒想到宋云圭還是不願意，「妳叫他好好地走吧，別再逗留人間了；還有，Fire Forever少了他這個主唱後就不是休團這麼簡單而已，散了就是散了。」

語畢，宋云圭便不再與楚瓚熙多說半句，只逕自直接轉身離去，豈料他才剛走沒幾步，楚瓚熙就又追來把他拉住。

「為什麼？」楚瓚熙問，「為什麼不能再復團？」

看著拉住自己的楚瓚熙，宋云圭微慍，眼底承載著的似是酸澀也似是無奈，可他也懶得再對楚瓚熙多做解釋，只是漠然地表示：

「一個沒了主唱的樂團還算什麼樂團？一個缺了主角的Fire Forever還算什麼Fire Forever？這樣你們還覺得有復團的必要嗎？朴炎彬你別開玩笑了，我們已經回不去了。」

☆　☆　☆

「什麼?!你要我去跟宋云圭說，讓我當Fire Forever的主唱？」楚瓚熙的聲音迴盪在房間裡，估計整層樓的住戶都能分享她的震驚。

「妳冷靜！妳先冷靜！」很明顯的，朴炎彬此時也被她突如其來的音量給嚇得不輕，原先他也沒料到自己的一個小小提議竟能讓楚瓚熙如此吃驚，只得趕緊安撫她，要她先聽自己把話講完。

「其實妳上次比秋季盃的時候我有聽到。」朴炎彬用頭努了努床沿示意楚瓚熙坐下，自己則飄移過去和她對視。朴炎彬的眼神裡滿是真誠與嚴肅，「我有聽到妳唱歌，雖然聽得出來很緊張，但妳的聲音我很喜歡。」

楚瓚熙不曾想過，自己的歌聲竟然會被偶像聽到，而且好像還被稱讚了。

好長一段時間，楚瓚熙差點忘記呼吸，腦袋也跟著當機，許久未見反應，直到朴炎彬連續喚了她幾聲，楚瓚熙才終於回神。

「你……」楚瓚熙依舊不敢相信，回話的語氣結結巴巴，「我我我、我勸你不要病急亂投醫喔，我……我我……」最後還越說越沒自信、越說越小聲，小到像是要說給地上的灰塵聽，「我秋季盃可是初賽就被淘汰了，我勸你最好……總之，我的歌聲沒有你說得那麼好；而且我已經想好，除非是逼不得已，否則以後都不參加任何歌唱比賽了，所以你還是找別人吧——」

「可是除了妳，我不想要別人，」朴炎彬真想搖搖楚瓚熙的肩膀，要她別這般喪志，「我真的希望Fire Forever的下一任主唱是妳，而且妳要是覺得『Fire Forever』這個團名俗氣，之後隨便怎麼改都沒關係，再說了，阿圭那傢伙的臭脾氣妳又不是不知道，如果這時候硬拉一個路人甲進來，就算對方歌喉比妳好，阿圭也不可能輕易接受，到時候Fire Forever復團只會遙遙無期。」

聽了朴炎彬這番話，楚瓚熙頓時不知該如何反駁；她覺得朴炎彬說得沒錯，光是要過宋云圭那關就難如登天，她可不想再花費心思去找尋適合的人選，更別遑論要把不認識的人拖下來蹚這趟渾水。

況且她剛說的那些話也都只是違心之論，她對歌唱的熱情並未完全抹滅，甚至此刻那滾燙的熱血就正在體內翻湧……

只是想歸想，依舊必須顧及現實的考量，於是楚瓚熙仍是婉拒了朴炎彬。

「我不覺得我有資格替代你，就算是地下樂團的主唱，你一樣還是我最崇拜的歌手。」

楚瓚熙給出了這樣的原因。

☆　☆　☆

「宋云圭！」

午休時分，大刀教授的課結束後，校門外衝進三個人，把正走往停車場的宋云圭團團包圍。

楚瓚熙原本以為宋云圭是惹到了誰才招來這群惡煞，正打算出去求救，但卻被身前的朴炎彬阻止。

「你幹麼？」面對著可能陷入險境的宋云圭以及阻止自己的朴炎彬，楚瓚熙既疑惑又焦急，「他不是你兄弟嗎？難道就因為他不肯復團，所以你要見死不救？」

楚瓚熙這番話讓朴炎彬頓時嘴角失守，覺得眼前這充滿正義感的女孩有點可愛，而且還不怎麼討厭宋云圭，朴炎彬越覺得她就是新主唱的不二人選。「妳別以小人之心度君子之腹，要說兄弟，那三個被妳以為是要來圍毆阿圭的人也都是我兄弟，還是我跟阿圭共同的兄弟。」

「蛤?!」楚瓚熙那顆拳頭大小的心臟短時間內塞滿了疑惑、焦急和震驚，彷彿在洗三溫暖般。「真的假的？」

「對啊，我幹麼騙妳？」朴炎彬邊說邊飄到他們四人旁邊，「當年我們一起組了Fire Forever後就變成好哥們了，當初會認識也是因為要一起組樂團。」

緊接著朴炎彬為楚瓚熙一一介紹，首先是一位滿頭金色捲髮的男子，「這位是金毛，我們樂團的鼓手，易燃易爆炸的脾氣，但重情重義。」

然後是一位開口笑時嘴巴左側有顆明顯虎牙的男孩，看起來年紀比楚瓚熙、宋云圭還小一點，「這位是小虎，我們樂團的吉他手，他爸爸是吉他老師，所以從小就抱著吉他長大，兩年前他才高一，現在他大概已經高三了吧；不過他真的長高了不少耶，之前好小一隻，我們都笑他矮，現在已經長得快跟阿圭一樣高了。」

最後是一位穿著筆挺西裝的中年男子，「這位是蝦子，因為愛吃蝦被我們取了這個綽號，是個成交率超高的房仲，超厲害！他是我們團裡的貝斯手。」

「我們都聽到了！昨天晚上！你沒聽見嗎？」在朴炎彬介紹完大家的同時，他們三個異口同聲地詢問宋云圭。

礙於他們討論的這個話題與朴炎彬息息相關，所以宋云圭冷著臉要大家小聲一點，並拉著眾人走到停車場角落。

「你們到底在說什麼？聽到〈編號六號〉的旋律？」宋云圭嗤笑了聲，對這群隊友們所說的話感到荒謬，甚至還有些不以為然，「你們還別像某些有心人，說什麼『受朴炎彬所託想要復團Fire Forever』，不要笑死人了。」

宋云圭還非常刻意地瞧了瞧躲在不遠處的楚瓚熙，順便暗示其他三人，他口中的「有心人」指的就是她。

然而其他三個隊友卻像是抓到救命稻草般，直接就簇擁著宋云圭一起去找楚瓚熙。

「聽說朴炎彬要妳幫忙Fire Forever恢復活動？」蝦子按捺不住地率先開口。

「真的嗎？」隨後，小虎語帶天真地問：「炎彬哥還在這個世界沒有走嗎？我還能見到他嗎？」

再來是看著略帶殺氣的金毛，「妳最好老實交代，告訴我們朴炎彬都跟妳說了些什麼，否則——」突然間「砰！」的一聲，金毛不知從哪生出了兩根鼓棒，重重砸在楚瓚熙腳邊，「休怪我的鼓棒無情了。」

「居、居然隨身攜帶鼓棒，」楚瓚熙被嚇得往後退一步，對朴炎彬小聲嘀咕：「他還真是敬業啊……」

「這是當然的，」朴炎彬一臉驕傲，「金毛對鼓的熱愛絕對超乎妳的想像；但是妳不用怕啦，他不會對妳怎樣，更何況妳沒說謊啊。」

「咳咳，」楚瓚熙覺得朴炎彬說得很有道理，於是她清了清嗓子，隨後努力挺起她那矮人兩顆頭的小身板，「在我回答你們的問題前，能不能先告訴我昨晚究竟發生了什麼事？」

蝦子伸手沒收了金毛的鼓棒，並示意金毛往後退一步，這才娓娓道來：「昨天晚上十一點多左右，我、金毛、小虎都同時聽見了〈編號六號〉的旋律，我們的LINE群組都因為這件事情炸了，就唯獨宋云圭這傢伙不讀不回，打電話也沒接，我們只好直接衝來找他。」

「對啊對啊。」金毛忍不住又問了一次：「所以昨晚你到底有沒有聽到〈編號六號〉的旋律啊？」

「沒有，」宋云圭不耐煩，「你就是問一百次，我的答案也還是沒有，我說沒聽見就真的沒聽見。倒是你們，該不會是想復團想瘋了才出現幻聽？」

「什麼叫我們想復團想瘋了才出現的幻聽？」金毛推了宋云圭一把，本就有些不滿的宋云圭也直接被激怒了。

「我說你們就幻聽啦怎樣！」宋云圭不甘示弱地推了回去，金毛重重踉蹌幾步，場面也變得一觸即發……

蝦子和小虎見狀，趕緊上前勸架，分別將正要打起來的兩人架開，這幾幕嚇得楚瓚熙目瞪口呆，完全不知該做何反應，只得看了看眼前已經一片混亂的四人，還有身旁這個明明也算是當事者，但卻置身事外的朴炎彬。

「別那樣看我，」似乎是看穿了楚瓚熙內心那欲言又止的疑惑，朴炎彬趕緊出聲替自己澄清，「我昨天一整晚都在妳房裡，根本沒空去他們那邊散播〈編號六號〉的旋律。」

阿彌陀佛善哉善哉，幸好朴炎彬的聲音他們聽不見，也幸好朴炎彬現在只是條靈魂，否則這種曖昧的內容要是被其他人聽到，還不知道緋聞會如何霸占娛樂版的頭條呢！

然而眼下的戰火非但沒有平息，反倒越演越烈，甚至連看似冷靜成熟的蝦子也加入了戰局。

「我們就想復團不行嗎?!」蝦子怒氣衝天地朝宋云圭吼。

「你們居然還有臉跟我提復團？」宋云圭彷彿終於能將壓抑許久的念頭全數釋放，他激動地指著蝦子的鼻頭問：「半年前，朴炎彬還沒死、一切都還來得及的時候，他就有要復團的打算，結果呢？第一個拒絕的你回答他什麼？是你說的！是你說你手上有兩張高級別墅的大單，暫時沒空管復團！」

「那你呢?!」蝦子撥開宋云圭指著自己的手，「〈編號六號〉的曲改了沒有你自己最清楚！別忘了Fire Forever會解散就是因為那首的編曲你打死不修！」

「就是說啊！」小虎也忍不住上前湊一腳，「那時候就叫你修了，結果你怎樣都不肯，現在好了，主唱沒了，你修不修都沒屁用了啦！」

宋云圭被他們罵得狗血淋頭，隨後無奈地重重槌了旁邊的欄杆一拳。

「所以是我害的嗎？」過了半晌，宋云圭語氣冰冷地說，似是無助、似是無辜，卻更像是懊悔；他隨後又木然地說了一句話，周遭的空氣便隨之凝結。

片刻後，蝦子、金毛、小虎三人面面相覷，直覺這次的討論是不會有結果了，便垂頭喪氣地離去。

角落裡只留下咬緊牙關、握緊拳頭、滿眼通紅的宋云圭，以及想要給予幫忙卻又束手無策的楚瓚熙，還有收起平時嘻皮笑臉的態度且神色空洞的朴炎彬。

「所以是我害的嗎？」方才宋云圭後面接著說的是——

「難道是我撞死朴炎彬的嗎？」

「欸。」回到租屋處平復各自的心情之後，楚瓚熙出聲喚了喚朴炎彬。

「嗯？」朴炎彬還尚未完全從剛剛的情緒抽離，只是若有似無地低喃了一聲，然後繼續背對著楚瓚熙。

下一秒，楚瓚熙來到朴炎彬面前，一如朴炎彬問她要不要成為Fire Forever的主唱那般；楚瓚熙示意朴炎彬稍微降落一些，好讓他們可以四目相對。

「是不是只要我當了Fire Forever的主唱，他們就可以復團了？」楚瓚熙問，這刻她想幫助的不只有朴炎彬，還有一整個Fire Forever，因為她知道現在有多後悔、曾經就有多熱愛；不管是小虎、蝦子、金毛或者宋云圭，在她看來都是一樣的，一樣地捨不得。

聞言，朴炎彬倏地抬起頭，那閃亮的眸中盈滿喜悅，「真的？」他不敢相信地又問了一遍，「妳真的願意嗎？」

彷彿重新點燃已被熄滅的火苗，朴炎彬本來以為已經失去了主唱，再經過了這麼一大吵，Fire Forever最終必得歸入歷史，沒想到現在居然還有轉圜的餘地。

然而朴炎彬的語氣如此慎重，害本來就還有些不自信的楚瓚熙有些退縮，突然覺得自己根本不該這麼衝動，畢竟那容易緊張的毛病到現在都還沒克服，她可不想成為樂團裡的老鼠屎。

「我……」楚瓚熙背過身去，「對不起，當我什麼都沒說。」

「妳到底在害怕什麼？」朴炎彬繞到楚瓚熙前面，「再怎麼樣Fire Forever都是我的責任，我不會因為急著想要復團就隨便找人濫竽充數，我說想讓妳當主唱是真的，喜歡妳的歌聲也是真的！」

「我真的可以嗎？」秋季盃評審那天說過的話，如今那一字一句都還在楚瓚熙的腦海中，「現在是只有我們三位評審加一位主持人妳就抖成這樣，那下回真讓妳上了台，妳是打算用妳的歌聲把觀眾們都趕出場嗎？」

所以楚瓚熙說：「我怕我辦不到，我怕我會拖累Fire Forever。」

但朴炎彬的真摯目光，一瞬望進楚瓚熙眼底，不容抗拒，「我拜託妳相信我！」

於是，楚瓚熙不再掙扎，她答應朴炎彬願意接任Fire Forever的主唱，並且隔天就去跟宋云圭談談。

☆　☆　☆

果不其然，事情不可能會這麼順利的。當隔天楚瓚熙告訴宋云圭，自己想成為Fire Forever的主唱後，他居然對這主意視如敝屣、態度輕藐。

「妳？」宋云圭除了不屑之外，甚至也絲毫不給楚瓚熙面子，「別搞笑了吧，一個秋季盃初賽就被刷下來的系歌后，我可沒那個榮幸合作。」

「宋云圭你小子到底在幹麼？你說這是什麼話？」飄在一旁的朴炎彬略顯激動，因為他很怕好不容易答應的楚瓚熙會因此打退堂鼓。他是真的希望能由楚瓚熙來接任Fire Forever的主唱。

只可惜，儘管朴炎彬表現得再激動、語氣再高昂，那一副高高在上、一臉欠扁的宋云圭卻依然絲毫看不見也聽不到。

「是啊，你說得很對，」楚瓚熙自嘲，「我不過就是個失敗者，既然都已經是失敗者了，那又有什麼資格在一個偶像創立的樂團裡當主唱呢？」

可就在朴炎彬暗自叫糟糕的同時，楚瓚熙卻又出乎意料地並未退卻，反而鼓起勇氣往前幾步，朝宋云圭靠近。

她對宋云圭說：「但現在除了我之外，你們還有其他的選擇嗎？還是你覺得拿到秋季盃冠軍的翁茜茜會比我合適？」

沒等宋云圭回話，楚瓚熙心有不甘地繼續說：「你聽過她唱歌嗎？根本就只是在炫技而已，你覺得這種毫無情感的歌聲能好好地傳達朴炎彬賦予歌曲的意義嗎？」

宋云圭難得也有語塞的時候，畢竟楚瓚熙說的實在不無道理。

最後，為了證明自己確實不比翁茜茜差，楚瓚熙感性地補充道：「還有，身為朴炎彬粉絲的我，絕不允許由她接任新主唱，因為她並沒有比我還喜歡朴炎彬！」

「哇嗚！」朴炎彬滿意地驚呼，「說得好！這才是我的真粉絲！」

這份發自內心的自信與對朴炎彬的崇拜，彷彿讓楚瓚熙整個人閃閃發光，也讓原本不將她當一回事的宋云圭不得不正面回應。

「妳……」宋云圭收起嘴角那讓人不太舒服的鄙笑，「妳確定妳可以嗎？」

儘管宋云圭聽不見，但朴炎彬仍代替楚瓚熙回應道：「不知道，但答案也只有在試過之後才能揭曉。」

Chapter 3

被烏雲遮住的星

The Eternal Flame of Fire Forever

「什麼？你居然這樣就答應了？宋、宋云圭你是不是吃錯藥了？」一大清早，楚瓚熙的驚呼便充滿了整間教室，好在現在教室內人並不多，否則恐怕會引來更多人圍觀，然而這種事可不能隨便被人知道。

因為楚瓚熙現在跟宋云圭談的是朴炎彬的另一個心願——想找人附身體驗大學生活的願望。

本來還以為這種如此隱私、如此玄幻，又這麼讓人無法置信的要求，一定會需要楚瓚熙費盡口舌去向對方解釋與說服，最後甚至還可能會空手而回，沒想到宋云圭居然這麼爽快就答應了，也難怪楚瓚熙會這麼吃驚。

「真的假的?!」就連朴炎彬自己也嚇了好一大跳，這可是比讓楚瓚熙接任Fire Forever主唱還要高難度的請求。

「有什麼問題嗎？」宋云圭答得漫不經心，甚至連頭也沒抬一下，只逕自繼續整理手邊的資料。

見狀，楚瓚熙忍不住伸手往下壓住宋云圭正在翻看的紙頁，「還是你其實沒聽清楚我剛剛講的話？或是你覺得我是在開玩笑？」

楚瓚熙行為讓宋云圭不得不抬起頭，他正色道：「妳剛剛說的是要我給朴炎彬附身，讓他完成想體驗大學生活的願望，對吧？」

「嗯……」楚瓚熙和朴炎彬兩人同時點頭。

「那我回答得還不夠清楚嗎？」

楚瓚熙和朴炎彬兩人再度一起搖頭。

半晌，宋云圭移開楚瓚熙的手，表情瞬間又掛上了大家熟知的那抹輕佻。「現在妳該擔心的是背歌詞還有練歌吧，」接著，宋云圭將剛剛他一直在整理的紙張遞到楚瓚熙面前，「喏，這裡總共十五首，有朴炎彬自己的，也有Fire Forever的，給妳半個多月的時間練，下個月中我們就要回練團室找手感，沒問題吧？」

楚瓚熙未料話題竟轉得如此之快，突然有點不知所措，待過了良久才終於在朴炎彬的呼喚下回神並接過那疊附有歌詞的譜。

可正當楚瓚熙伸手欲接過譜時，宋云圭卻緊抓著不給她。

「妳還沒回答我，沒問題吧？」宋云圭說：「我可不想到時候開天窗。」

「沒問題，當然沒有。」話雖如此，可楚瓚熙硬搶過譜的那隻手明顯正顫抖，因為她至今仍不是很確定自己究竟能否勝任，更害怕會因此搞砸Fire Forever。

「沒問題的瓚熙，」大概是注意到了楚瓚熙的自我懷疑，朴炎彬趕緊出聲鼓勵，「我相信妳一定可以，我的歌妳熟到不行，這對妳來說就是一塊蛋糕而已。」

「嗯，那就好，期待妳的表現啊！新主唱！」說完，宋云圭帶著戲謔的笑轉身離去，然而此舉擺明就是尚未完全接納楚瓚熙。

楚瓚熙不太高興地喊出聲，卻不是想為自己平反或和他理論，而是要問宋云圭：「你剛剛答應的事什麼時候可以執行？」

宋云圭聞言，只略略停下一秒，隨即又邁開前行的步伐，瀟灑地揮揮手，頭也不回地說：「隨時奉陪。」

「等一下！」楚瓚熙又叫住了他，因為她還是很好奇。

「又怎麼了？」

楚瓚熙問：「為什麼你相信？又為什麼會願意……？」

這時，宋云圭才總算肯回過頭，他聳聳肩後說：「誰知道？但我總覺得我那兄弟好像真的還在，一直都在。」

☆ ☆ ☆

後來，朴炎彬選定一個黃道吉日，悄悄進入宋云圭的身體，這樣二合一的變化讓楚瓚熙實在無法適應。

「我真的覺得從宋云圭嘴裡喊出『瓚熙』這兩個字的感覺好奇怪。」楚瓚熙撫了撫自己的手臂，還冷不防地掉了一身冷汗雞皮。

「會嗎？我覺得這個感覺好神奇！我好像又活過來了！呀呼！」睽違多時，朴炎彬終於又能重新感受那有血有肉的身軀，他就像個孩子般不亦樂乎，從進入宋云圭體內開始，便沿路發出「咯咯咯」的笑聲，深怕別人不知道他有多開心。

「你也幫幫忙，」楚瓚熙忍不住踮起腳尖，趕緊摀住他的嘴，「再怎麼說宋云圭也算是我們系草，好歹幫他留個面子吧！否則等他回來後知道他的形象被你搞成這樣，第一個遭殃的就是我了。」

「嗚嗚嗯嗯……」朴炎彬拿開楚瓚熙的手，「哎呀，知道啦知道，只是他這副冷冰冰的模樣總沒有我這麼親民好相處。放心吧！等我把他改造得好相處點，讓他人緣好一些，搞不好他還會感謝我呢。」

楚瓚熙搖頭扶額表示無言，只能拼命在心裡祈禱千萬出什麼亂子才好。

☆ ☆ ☆

不過顯然是楚瓚熙多慮了，這幾天下來朴炎彬真的發揮出他吸粉的本領，憑藉多年演藝經驗，他的個人魅力在任何時刻都發揮得恰到好處。

例如，在開班會時神救援被點名上台發表意見卻不知所云的同學，或是在團體活動冷清尷尬時帶頭炒熱氣氛，最厲害的是替全班搞定大刀教授，讓所有同學都不用交那份刁難至極的作業。

想當然耳，朴炎彬的這些創舉再搭上宋云圭那張俊顏，這些事很快便傳遍全校成為傳說；可想而知，那些桃花、校花、霸王花也就不請自來了。

「瓚熙救我！」

這天中午朴炎彬匆匆忙忙跑進學餐，不顧楚瓚熙飯才吃到一半，便以迅雷不及掩耳的速度將她拉走，兩人一同躲到了宣傳看板後。

「你幹麼？我不是老早就叫你來吃飯了？你怎麼現在才來？」看到如此驚慌的朴炎彬，楚瓚熙滿臉疑問。

「噓！」朴炎彬將食指豎在脣前，示意楚瓚熙小聲點，並用氣音說道：「有人強搶民男啊！」

「什麼？誰啊？在哪裡？」楚瓚熙好奇地跨出看板想要一探究竟，卻又被朴炎彬一把抓了回去。

「噓！」這次朴炎彬直接用手摀住了她的嘴，「是商管系的那朵霸王花，從上禮拜就一直送東西過來，我每次都拒絕，她卻還是不依不撓；這次居然找他們班的同學來包圍我，簡直窮追猛打，大概已經是恐怖粉絲的等級了吧，好可怕！」

本來遇到這種情形，楚瓚熙總不免俗地吐槽朴炎彬幾句，但她現在卻發覺自己的腦袋有點當機，喉嚨也像被鎖住那般無法言語。

幾分鐘後，外面終於沒有動靜，朴炎彬放鬆警戒地從看板後探出頭，並再三確認霸王花及她的跟班沒有跟上，才拉著楚瓚熙走出來。

「呼——」朴炎彬放心地舒展四肢，逕自霸占了楚瓚熙的座位及餐點，津津有味地吃了起來，甚至還意猶未盡地又多點兩碗。

「妳怎麼不吃？是已經飽了嗎？」

「……」

「妳不吃那我自己吃掉囉。」說完，朴炎彬便伸手將原本加點來要給楚瓚熙的飯端回自己面前，邊吃邊稱讚這些食物有夠美味，一點也沒有剛剛逃難時的刺激緊張。

此時的楚瓚熙仍然毫無反應，只任憑朴炎彬將自己的餐點一口口吞下，然後繼續享受後來加點的部分。

愣愣的，楚瓚熙她自己也不知道是怎麼回事，剛剛究竟發生了什麼事？

她只知道自己的心跳撲通撲通，尤其是從剛剛在宣傳看板後方，朴炎彬將冒出頭探看的她拉回去，那一瞬間，他們兩人靠得好近好近；還有當朴炎彬用宋云圭那隻厚實的手掌摀住她的嘴，楚瓚熙感受到自己的嘴唇與他掌心相觸時的熱度，心跳也不禁亂了節奏。

這是一種從未有過的感覺，也與追星時因瘋狂熱血而鼓譟的心跳有所差別；一時半會兒間她也不曉得該做何反應，僅能放任如此奇妙的感受蔓延周身。

看來，朴炎彬的警戒沒了，但楚瓚熙的似乎才正要開始……

☆　☆　☆

「跟宋云圭同班了那麼久，我怎麼都不知道原來他還會唱歌？」

「對啊，還真別說，剛剛他和楚瓚熙的對唱真的很好聽。」

「而且CP感超強！齁，你們是不是瞞著大家已經偷偷在交往了？」

「對啊對啊！最近你們兩個總是形影不離，上課時一起、吃午飯時一起，就連放學後也一起回家，會不會其實已經打得火熱了？很可疑欸！」

期中考前的夜唱活動中，朴炎彬和楚瓚熙被拱上台表演他之前和另一位知名女歌手的甜蜜情歌對唱，沒想到才剛放下麥克風，在場的同學竟然就迫不及待地開始起鬨，說他們簡直就像情侶，還說如果這是真的，那他們大方承認也沒有關係，雖然此舉很有可能會讓楚瓚熙變全民公敵。

「哪、哪有啊？我們才不是你們想的那樣！」也許是喝了一點水果風味酒的關係，楚瓚熙雙頰紅撲撲的。

「對啊，」朴炎彬笑著附和，還毫不避諱地和楚瓚熙勾肩搭背，「誠如大家所見，我們是好朋友的關係，可惜瓚熙不是男生，否則我就可以跟她稱兄道弟、義結金蘭。」

「別啊！」楚瓚熙略為嫌棄地把朴炎彬掛在她肩上的手撥掉，「我可不想跟一個喝沒幾杯就醉醺醺的人稱兄道弟、義結金蘭。好了，別廢話了，後面的歌還唱不唱？」

「唱啊！當然要唱！沒有不唱的道理啦！」說罷，朴炎彬又點了幾首歌，有他生前的作品、也有其他歌手的曲目，一連又唱了好幾首，直到凌晨三、四點大夥兒都睏倦了才消停。

「欸，」朴炎彬和楚瓚熙是一行人之中最後陣亡的，待唱完了最後一首，他們一起側臥在沙發後方，朴炎彬半夢半醒、似醉非醉地問楚瓚熙：「妳說，他們是不是都已經把我忘了？怎麼我已經唱了那麼多首我的歌了，卻仍沒有聽到他們在說我怎樣怎樣的？」

楚瓚熙沒有開口，只是欲言又止地看著他，然後朴炎彬繼續說：「就算是批評我也接受啊！說，說我就是一個虛有其表的花瓶，演的戲難看、唱的歌難聽！我真的都可以接受，隨便說點什麼我都可以……怎麼他們什麼反應也沒有？真的什麼感覺都沒有嗎？是不是我這個人對他們來說已經沒有任何意義了？」

「不會的，」楚瓚熙安慰他，「只是因為你對大家來說很重要，怕提出來會難過，所以乾脆就很有默契地誰也沒提；而且你唱了那麼多首，又唱得那麼好，大家都很喜歡呢。」

「真的嗎？」朴炎彬不大相信。

但楚瓚熙卻很肯定：「真的。」

有了楚瓚熙的這一句，朴炎彬便擋不住睏意地放心睡著了。

半晌，楚瓚熙拾起一旁的外套，小心翼翼為他蓋上，也很小聲地再對他說：「放心吧，就算大家都把你忘了，我也會永遠記得。」

☆　☆　☆

「你還沒玩夠啊？都快期中考了，你再不讓宋云圭回來，他的期中考就要開天窗了，而且接下來要準備考試，我也沒空再陪你玩了！」

夜唱完後，他們在KTV裡睡到隔天早上七點，便各自回家或梳洗、補眠；待楚瓚熙吃飽準備去上下午第一節課時，朴炎彬就已經站在她租屋處的門口等她了。

「就只差這一項了，拜託！」朴炎彬雙手合十、模樣誠懇，「昨天夜唱過，現在就只差夜衝了，再完成這一項就好。我們今晚就去！結束之後我馬上把這個身體還給阿圭！」

楚瓚熙搖了搖頭後又重重嘆了口氣，最終仍是拗不過地應允。

然而由於楚瓚熙怕黑，加上也不敢騎機車走山路，更別遑論要朴炎彬這位沒有機車駕照、平時也都是汽車接送的大明星載她。所以經過一番討論後，他們折衷選了離他們學校最近的夜景咖啡廳，如此既能起到在夜晚騎機車的作用，也可以看夜景，還不需要冒著危險騎上路況蜿蜒且照明設備不足的山路，簡直一舉數得。

「欸，說好了，你回去之後就要馬上把身體還給宋云圭喔。」楚瓚熙攪拌杯中的氣泡飲，抬首對身旁的朴炎彬再三叮嚀。

「好啦好啦，知道了知道了，」朴炎彬邊說邊掏耳朵，表現得有點不耐煩。「這句話妳今天說了不下百次，我聽到都會背了。」

「還不是你已經霸著人家的身體兩個多禮拜，我擔心你貪戀這人間，最後決定一輩子留下來，不還給宋云圭了。」

聞言，朴炎彬失笑，神色卻突轉為黯然，但不消片刻就又逐開笑顏，「放心吧，雖然我很想，但我已經認命了，現在能有這些偷來的時間，我就該偷笑了；何況阿圭他還是我兄弟，我不可能不還他的。」

雖然只有數秒，可楚瓚熙還是注意到了朴炎彬那黯然的神色，看著他強顏歡笑的樣子，楚瓚熙不禁也跟著傷感了起來。

隨後她岔開話題，畢竟這些不開心的事與眼前的美景不太匹配。她指了指下方的燈海，漫無邊際地聊著：「別說這些了，你看，我果然沒有選錯地方，這裡真的來對了，要是聽你的話跑去衝什麼山路，我看現在只會卡在半山腰吧！還是來這裡好，有漂亮的夜景、微涼的風，還有好吃的宵夜，多棒！」

「嗯，妳說的沒錯，」朴炎彬附和道，叉起一塊鹹酥雞品嘗，「果然食物還是要親口吃最棒了，只吸氣味根本不過癮。」

「那你就多吃點吧，」楚瓚熙把自己的脆薯及雞塊夾給他，「反正現在是胖在宋云圭身上，你趕緊多吃一點，不然過了今晚，你就要繼續用吸的了。」

朴炎彬不滿地抱怨楚瓚熙掃興，「不是說這些喪氣話很不搭眼前的美景嗎？妳幹嘛又提？」

楚瓚熙反駁：「不是吧，剛剛明明就是你自己說食物就是要親口吃，只吸氣味根本不過癮的，我多拿點給你難道錯了？」

「好好好！我的錯、我的錯，」眼看楚瓚熙要將已給自己的食物討回去，朴炎彬趕緊求饒，並端走盤子護住食物，隨後靈機一動，把話題轉移到自己好兄弟身上。「不然我們來聊聊阿圭，你們既是同學也是以後的隊友，好好了解一下，日後才比較好相處嘛。」

楚瓚熙不屑，「有什麼好了解的？他那麼孤傲的人，我巴不得畢業後就馬上跟他分道揚鑣，即便還有練團的這層關係，我也只想公事公辦，除了練團之外一概不聯繫，這樣就好。」

「哎呀，」朴炎彬嘆氣，並表示楚瓚熙對宋云圭的誤會可大了，「我們阿圭才不像他刻意裝出來的這個樣子，他其實心地很善良，只是旁人不了解罷了。」

低頭啜了口杯中的奶茶，朴炎彬繼續說：「他打很多份工，這個妳應該知道吧？之所以會打這麼多份工，那是因為除了自己的生活起居之外還要照顧外婆。阿圭小時候爸媽很常吵架，為了避免波及到孩子，外婆就把他帶回自己家照顧，直到阿圭五歲要上幼稚園，他媽媽也找到了新對象後，才又回去跟媽媽同住。」

聽完朴炎彬所說，楚瓚熙霎時竟不知該做何回應，因為她絲毫無法想像，原來平時冷冰冰且渾身帶刺的宋云圭居然還有這樣的經歷，只好安靜地聽朴炎彬繼續說下去。

「可後來誰知道，阿圭他媽媽竟然是控制狂，老是拴著他，要兒子凡事都只能聽她的話，甚至還限制阿圭不能跟誰交朋友；原本他以為只要再長大一點，他媽媽對自己的看管或許就會比較放鬆，可是沒有，反而在他高中第一次交女友後變本加厲。妳知道發生了什麼事嗎？他媽媽直接衝到女生家裡，說對方拐走她的寶貝兒子，除此之外還罵了很多很難聽的話，最後鬧上警局，阿圭和初戀也不歡而散。」朴炎彬又喝了口奶茶緩和情緒，「最嚴重的是之前阿圭選大學科系的時候，他媽媽年輕時的夢想是當主播，可是當初錯過了機會，只能把夢想寄託在阿圭身上，可他根本就對當主播沒興趣，於是他媽媽偷偷改掉了他的志願；阿圭說什麼也不願意妥協，那晚東西一收就跑去我那裡，後來也是我拜託朋友幫忙，才讓他來這裡念有興趣的科系。但他又能逃多遠、逃多久呢？那終究是他媽媽啊……所以他只能用嘔氣和偽裝來掩飾自己的痛苦。」

「唉……」聽完了朴炎彬的敘述，楚瓚熙也替宋云圭的經歷感到無奈。「難怪他會這麼孤僻，現在我稍微可以理解了。」

「所以拜託不要討厭他，等哪天我真的離開，或許還得麻煩妳幫我照顧這傢伙。」

「等哪天你真的離開？」剛剛的那些話中，對楚瓚熙來說只有這一句才是重點。「什麼意思？你還要走？走去哪？」

朴炎彬失笑，直說她傻，「妳說一縷幽魂還能去哪？當然是該去哪裡報到，就去哪裡報到囉。」

這下換楚瓚熙沉下了臉色。「也是，你本來就已經不是這個世界的人了。」

都怪這陣子過得太開心，楚瓚熙壓根兒都忘了朴炎彬已經離開的事實。

此刻她多希望……多希望能就這樣和朴炎彬相處一輩子，就算只能以附身宋云圭的方式在她身邊，自己也甘之如飴；她內心突然萌生了一個自私的念頭，好希望朴炎彬別把身體還給宋云圭，更別離開她，去到那個她看不見也去不了的地方。

「所以說好囉，我們阿圭就拜託妳啦。」像是不打算給楚瓚熙拒絕的機會般，朴炎彬語氣裡帶了點強迫推銷的意味。他相信即便楚瓚熙嘴上不答應，但之後肯定也會幫他這個忙的。

「我可沒有答應喔，你可別擅自替我做主。」果然如朴炎彬所料。他想，有時宋云圭跟楚瓚熙嘴硬的個性還挺相似的。

「欸，炸物拼盤沒了耶，要不要再加點什麼？」

「我都可以啊，反正就像妳說的嘛，我現在吃進來的都是胖在阿圭身上，所以我沒什麼好怕的啦，妳點多少我就吃多少！」

「好，這可是你說的喔！那我就再點兩盤烤肉跟酥炸海鮮，奶茶也再來兩杯，還要一份焗烤洋芋！」

「好！而且我奶茶要加珍珠！如果還能再來杯冰啤酒那就更爽了！」

「加珍珠可以，但是冰啤酒不行，我等等還要騎車，怎麼能只爽到你?!」

「哼！小氣！楚瓚熙我真是錯看妳了！」

「是嗎？那就算了，本來我還想再多點一份鬆餅給你的，現在看來我應該要真的小氣一點了。」

「別別別啊！瓚熙妳人最好了，我剛剛、我剛剛什麼話都沒說！我發誓！」

「算了吧你這吃貨！我明天就爆料給水果日報，說朴炎彬不只很愛吃，而且還很會吃！」

接下來，他們彷彿捨不得讓這段靜謐時光輕易消逝般，又繼續加點了好多東西，以盡力豐富這短暫的午夜時刻。

「嗝！」暴飲暴食後，朴炎彬既豪爽又沒形象地打了個飽嗝。「真的吃得好飽喔！」

然而楚瓚熙一語不發，只是停下腳步，表情認真地看著他。

「怎麼了？」朴炎彬疑問，並伸手抹了抹唇角，「我嘴上有東西嗎？」

「沒有，」楚瓚熙搖搖頭，「沒東西，很乾淨。」

但其實楚瓚熙在想的是，就這樣維持現狀吧，她想再多看他一下；儘管她知道，今天過後即使朴炎彬不會附在宋云圭身上，自己也依然能見到他的魂魄，但她還是有點捨不得。

「走吧，」即便內心如此渴望讓一切停留在這瞬間，可是她仍然必須顧及現實，「該回去了，再不走的話，學校男宿的門鎖了，宋云圭今晚就得露宿街頭了。」

隨後她緩緩地、緩緩地從朴炎彬身旁經過，並掏出鑰匙準備發動機車。

「瓚熙！」然後機車啟動的同時，朴炎彬喊了她的名字。

楚瓚熙轉過頭，等著聽朴炎彬要說些什麼。

「謝謝妳！」朴炎彬道：「這半個月是我生前死後過得最開心的一段時間了！」

那鵝黃色的路燈映照著朴炎彬真摯且燦爛的笑容。

是啊，楚瓚熙也回以一笑，再沒什麼能比這畫面更美麗動人了。

☆　☆　☆

「楚瓚熙！妳給我解釋清楚！」

隔天，朴炎彬依約離開了宋云圭的身體。

他們一個像睡了半世紀那般，整個人神清氣爽；另一個則是玩得很盡興，胡吃海喝十分很滿足，簡直滿面春風。

反觀楚瓚熙的下場可就不一樣了，那叫一個慘啊，被宋云圭追殺得很慘。

「我就說了我不知道，你、你你去問朴炎彬，我什麼都不知道！」

商管系的霸王花再次來騷擾，大夥兒好不容易和隔壁班同學齊心協力地激戰，總算保住了班上這株熱門系草，而宋云圭也才終於能抽身來好好審問楚瓚熙這個罪魁禍首。

但楚瓚熙何其無辜，那是朴炎彬要擅自出去招蜂引蝶，她就是想插手也無從置喙；楚瓚熙不打算卸責，但還是實話實說，畢竟冤有頭債有主，這個問題當然只能問朴炎彬。

「好，這個妳不知道，那這個呢?!」宋云圭盛怒難息，隨手抓起桌上的表單，下學期班代的欄位上明明白白地寫上了他的名字。「這又是怎麼回事？我怎麼會是下學期的班代？楚瓚熙，我答應把身體借給朴炎彬，可我沒答應要當下一任的班代，更不想被商管系的女人死纏爛打。妳給我去把這些事情擺平，否則我不會輕易罷休！」

楚瓚熙這隻替罪羔羊只能默默轉向身側，找朴炎彬這位真正的始作俑者算帳。「都是你啦！朴炎彬你自己跟他解釋！」

誰知道朴炎彬居然只是聳聳肩，表現出一副事不關己的模樣，甚至還一臉理直氣壯，差點沒把楚瓚熙氣死。

「可惡，早知道昨晚就該餓死你小子！」這句話楚瓚熙沒有罵出口，只在心裡抱怨，瞬間覺得昨晚在路燈下的曖昧畫面根本就是自己的錯覺。

「朴、炎、彬！」楚瓚熙下最後通牒，表示如果宋云圭真讓自己遭遇不測，她無論如何都會拉著他一起陪葬，朴炎彬才總算收起那副吊兒郎當的態度。

「好啦，」朴炎彬清了清喉嚨，正襟危坐道：「妳跟他說，我也是為了他好，畢竟他朋友本來就不多，我離開之後就又更少了，我稍微動動手腳幫他多交點朋友，也好讓他有需要的時候不至於找不到人幫忙啊。」

楚瓚熙沒有反駁，因為聽著有點感人。但是霸王花又該如何是好？

「那個我也真的沒辦法了，」朴炎彬撥了撥頭髮，看著十分灑脫。「如果要怪就怪本大明星我實在魅力無法擋，還有阿圭他自己本身就顏值在線了吧。」

楚瓚熙發覺自己額頭上的青筋在跳，可卻也只能原封不動地幫朴炎彬把話轉達給宋云圭。

「他真的這樣說嗎？」宋云圭也對眼前的楚瓚熙和在一旁看戲的好兄弟無可奈何。

「我幹麼騙你？而且他真的存在的這個事實，你不也自己體驗過了？」

「妳！」楚瓚熙的話讓宋云圭氣得語塞，但礙於面子他仍是板起臉孔從其他能挑剔楚瓚熙的事情下手。

「好，楚瓚熙，那妳歌練得怎麼樣了？」

聞言，楚瓚熙暗自叫糟。這些時日她總被朴炎彬纏著玩這玩那的，連複習期中考的時間都沒有，哪還練得了歌？

即便知道現在宋云圭正在氣頭上，自己最安全的回答就是有練，而且練得很順利，可楚瓚熙還是不想要說謊逃避。

「對不起，我都還沒練。」楚瓚熙自知理虧地垂下頭，雖然朴炎彬確實是打亂她計畫的「幕後功臣」，但最大的問題還是她自己，是她捨棄不了能和朴炎彬相處的時間——所以她無話可說。

「哼，」宋云圭果不其然地發出一聲冷笑，毫不客氣地說：「唉，我就知道，一個秋季盃的敗將不過爾爾；自己能力不足就算了，居然連勤能補拙這點道理都不懂，更別遑論身為一個主唱，竟將練歌這種基本工作視若無睹。由妳來當主唱的話……我看Fire Forever實在前途堪憂啊。」

然後宋云圭更帶著戲謔與輕佻從楚瓚熙身旁走過，離開前還補了這麼一句：「如果識相點的話，就自己快滾吧。」

「可惡！宋云圭你這個死木魚！說這是什麼話！氣死我了！氣死我了！」

宋云圭走後，朴炎彬也因這一席話而在後面氣得跳腳，如果可以他真想衝向前送這小子一拳。

「好了，」楚瓚熙止住朴炎彬的叫罵，「人家都走了，而且也聽不見你講的話，還是省省力氣來練歌吧。」

「瓚熙，對不起，」見著眼前楚瓚熙難過的樣子，朴炎彬也意識到自己該為這件事情負點責任，「都怪我，老是要妳帶著我玩，如果有機會，我一定會替妳好好修理那隻死木魚。」

楚瓚熙搖頭，在這件事上她並沒有責怪朴炎彬，「沒關係，我們趕緊練就是了。」

而後的幾天，楚瓚熙除了要應付期中考之外，還必須撥出好多時間練歌。

本來以為身為朴炎彬的老粉絲，要在短時間內複習好十五首他的歌曲絕對手到擒來，可惜楚瓚熙錯了，萬惡如宋云圭，他出的考題又怎麼可能輕易達成呢？果然是她想得太美，當她翻開樂譜、看見目錄時，上頭陌生的歌單就足以讓她吐血而亡。

因為只有第一首是朴炎彬的歌，而且還是朴炎彬第一張專輯裡的冷門老歌，而其他十四首則統統都是Fire Forever的，縱使她確實是朴炎彬的老鐵粉，可朴炎彬還另外成立了Fire Forever的事，她也是前陣子才剛知道，所以Fire Forever的歌她一首都沒聽過，且網路上也找不太到相關的影音資訊；可見宋云圭除了不認可她之外，還順便惡整她一番。

不過好在Fire Forever的團長兼主唱本人朴炎彬現在就在她身邊，有他手把手教學，楚瓚熙也不至於孤立無援；而她的付出也總算在Fire Forever重啟練團的這天有所回報。

「好聽好聽！」中場休息時，小虎第一個站起來給楚瓚熙鼓掌，「我沒想到這首歌變成女聲版居然會這麼好聽！我印象中炎彬哥的版本都快被洗掉了。」

「對啊！」接著蝦子也讚不絕口，「很溫柔，很好聽，有一種莫名的療癒感，特別是妳每一句的最後一個字，都有很自然的顫音，很特別！」

「是、是嗎？」楚瓚熙不好意思地搔搔頭，「那個顫音對不起，之前我就已經被很多人說過有這個情況了，但不知道為什麼我就是改不了，我也有試著要把顫音戒掉，但那麼做後我卻不知道該怎麼歌唱。」

「喂喂喂，」聽著楚瓚熙的這番話，金毛不耐煩，「道什麼歉？妳有沒有搞錯啊？蝦子又沒說妳顫音不好，妳難道聽不出來他是在誇獎妳嗎？」

「少誇幾句，」然而宋云圭的嘴就是這麼毒，「對一個臨時抱佛腳，唱得還勉強算能聽的傢伙，沒把她掃地出門就已經很好了，你們居然還視若珍寶？到底有沒有搞錯？」

「吼，宋云圭你才少說兩句，每次你一開口都沒好話。」蝦子講得真中肯，「不然你自己來唱啊，我倒覺得你一個唱歌五音不全的，居然能把樂器彈得那麼好聽，才真的不可思議呢。」

「好了啦你們。」深怕眼前的幾位大哥會再像上次那樣吵起來，小虎趕忙出聲勸架，叫他們看看還需不需要繼續練習。

眾人紛紛點頭表示贊同，在鼓棒的敲打聲及節拍聲中接續下半場的練習。

當然，這個現場絕對少不了朴炎彬這個創始人，他飄在一旁默默看著，內心甚是感動，眼光裡全是欣慰，熱烈而彭湃的情感將他的胸口塞得滿滿當當。

他不知道該怎麼形容現在的心情，這是他第一次不計形象地邊哭邊笑，一切的一切都讓他相當心滿意足。

這樣新組合的Fire Forever，他好喜歡。

✩　✩　✩

在期中考後，對他們來說最大的重頭戲就是校慶，由於校慶會跟隔壁大學合辦，屆時學校會把前後門全部打開，連中間圍牆的通道也會開放，讓兩校的師生集合歡慶，既有好看的表演也有好吃好逛的攤位，甚至還有兩校的聯誼活動，學生們無一不期待校慶的到來，連朴炎彬聽楚瓚熙跟班上同學在討論時也十分羨慕嫉妒，甚至還想請宋云圭當天再借他附身一次，讓他也能好好體驗大學校慶。

「喂喂喂，」在聽完他還想跟宋云圭借身遊校慶的想法後，楚瓚熙一臉嫌棄。「該知足了吧你，人家當初肯借你半個月就已經很不錯了；而且托你的福，宋云圭這次還高票當選我們班的校慶代表，那天肯定會忙到暈頭轉向，他到現在都還沒來找我們算帳就已經很好了，你少自找麻煩吧。」

朴炎彬識相地沒再繼續要求，只說自己是在開玩笑，要楚瓚熙別當真。

「瓚熙！來來來！妳看這個！」結束了上個話題，朴炎彬的目光隨即被講台新張貼的海報吸引，上頭寫著「校慶歌唱大會」幾個斗大的字。「我支持妳參加！而且剛好校慶前的海選就在下禮拜四下午，我記得妳那個時間完全沒事，去嘛去嘛！」

「算了吧，」楚瓚熙猶豫，因為主辦單位是學生會，而學生會大部分的成員都是死對頭翁茜茜的同夥，可想而知，她如果去參加的話一定會被好好冷嘲熱諷一番。「我不太想去。反正校慶嘛，大家吃吃喝喝看熱鬧就好，我就不上台破壞大家的興致了。」

「最好是，」突然後方傳來罵她的聲音。楚瓚熙轉頭一看，果然是宋云圭，「妳明明就是輸不起吧？而且還怕被翁茜茜嘲笑怕得要死，對吧？」

楚瓚熙默認，任由宋云圭繼續說：「面對敵人的最好方法，不就是正面迎擊並戰勝他們嗎？而且這只是校慶助興用的歌唱大會，如果妳連這種無名次之分的小型校內活動都不敢參加，那將來又要如何帶著Fire Forever成長？」

大概是在這幾次的練團中目睹了楚瓚熙的進步與努力，宋云圭難得語氣溫和，「就去參加吧，既然校慶要忙，就大家一起忙。妳最好給我去喔，否則我就讓妳當天來幫我打雜，誰叫妳害我當選什麼校慶的班級代表。」

嗯，原來溫和歸溫和，但依舊是那個愛記仇的宋云圭。

後來隔天，也不曉得宋云圭的那席話究竟是起了鼓舞作用，還是威脅作用，總之，楚瓚熙報名表填完就火速地提交了。

☆　☆　☆

「楚瓚熙妳真的很好笑，自己弄錯海選時間竟然還敢說我使詐？欸拜託，我堂堂一個學生會長很忙的耶！現在還能坐在這裡耐心聽妳投訴，已經算仁至義盡了好嗎？妳到底還想怎樣？而且妳一直跟我盧海報的事，我剛剛就已經說了，妳看到的那個版本，就只是我們美宣長做的初稿，我們印出來後發現不滿意，早就全部銷毀了，怎麼知道妳還會在你們班的講台看到？這妳應該去問把這張海報帶回你們班上的人才對吧？」

「冠冕堂皇！你們最心知肚明這到底是怎麼一回事！少給我胡扯！」

在預定校內海選的這天，楚瓚熙依照海報上的指示，準時到學生會辦公室報到，但她才剛到門口就發覺很不對勁，因為現場安靜的氛圍，還有緊閉的學生會辦公室大門，一點也不像在舉辦海選的樣子。

果真如楚瓚熙所想，當她旋開學生會辦公室大門，端坐在椅子上的翁茜茜立時帶著看好戲的笑容轉身，而其他幹部也都忍不住發出訕笑，楚瓚熙這才恍然大悟，原來她是被教室講台的那張海報騙了，學生會居然還為了她另外設計一張假海報，而真正的海選時間是昨天。

楚瓚熙也因此硬生生地和海選時段擦身而過了。

「哼，好兇喔，我好怕喔。」坐在豪華旋轉椅上的翁茜茜裝模作樣地說。「楚瓚熙，枉費妳都念到大學了，還不知道實事求是的道理。正式版的海報我們都有公布在學生會的粉絲團和IG，是妳自己不睜大眼睛看仔細的。啊對，這也確實不能怪妳，畢竟妳這種邊緣人應該根本沒有這些社群帳號吧？這次就算是給妳個機會教育，回家記得下載、辦帳號，然後追蹤我們學生會的粉絲團跟IG喔！」

楚瓚熙掄緊拳頭，忍住想要開扁的衝動，思緒游移在理智線邊緣，繼續嘗試與對方理性溝通：「翁茜茜，我知道妳討厭我，但要較量能不能光明磊落一點？搞這些莫名其妙的小把戲有趣嗎？」

「我覺得很有趣啊！」翁茜茜的尾音提高八度，那語氣又更加尖酸刻薄，「而且我為什麼還需要跟妳較量？難道去年的秋季盃不夠證明我的實力比妳好嗎？妳一個秋季盃初賽就被淘汰的輸家，到底憑什麼在這裡跟我提較量？再說了，如果妳昨天運氣好，碰巧趕上海選，還以為自己真的有機會被選上嗎？清醒點吧！只要學生會長還是我，就不可能給妳任何機會！」

「怎麼連這種人也能當學生會長啊？太過分了！」連平時說話不帶髒字的朴炎彬，也忍不住在語末加了個語助詞以表氣憤。「真的太卑鄙了！無恥！」

最後，在寡不敵眾的情況下，孤立無援的楚瓚熙也只能以戰敗者的姿態離開學生會辦公室。在她離去時，翁茜茜還得意洋洋地調侃：「我們就不送了啊！大歌后！」

從學生會離開後，楚瓚熙沿路一語不發，整個人失魂落魄的，甚至差點撞上前頭的柱子，幸好宋云圭及時出現將她拉住。

「妳幹麼啊？」見到她這副模樣，宋云圭也嚇了好一大跳，他從沒見過這樣的楚瓚熙，而且明明早上人還朝氣蓬勃，怎麼才去了趟海選回來就變成如此，難不成——

「妳又被淘汰了喔？」

楚瓚熙對宋云圭的問話置若罔聞，只是靜靜地繼續往前走。而一旁的朴炎彬仍嘰嘰喳喳地罵不停，只可惜那位還坐在學生會辦公室裡的惡人，以及眼前這位有點想幫忙、卻丈二金剛摸不著頭緒的人都聽不見。

「喂！」終於，宋云圭忍不住上前一步，一把將楚瓚熙攔截。「妳快說，到底怎麼回事？被淘汰就被淘汰嘛，又沒什麼，下次再繼續努力就好了啊！」

楚瓚熙撥開他的手並瞪了他一眼，最後依然沉默不語；現在的她只想回租屋處藏匿，不願讓別人看見滿身狼狽的自己，只想將那些嘲諷和冷笑澈底隔絕。

回到房間後，楚瓚熙彷若一顆洩了氣的皮球，整個人直接跌坐在門後。

她弓起雙膝，雙手緊緊抱住雙腿，氣得渾身發抖，眼眶裡明顯有霧氣，但倔強的她仍咬牙硬撐。

「瓚熙……」看到這一幕的朴炎彬心疼不已，雖然他的初衷是希望楚瓚熙可以勇敢面對歌唱，孰料竟會碰上此等鳥事，眼下楚瓚熙無辜與委屈的樣子讓他有些自責。

「我只不過就是想好好唱歌而已，怎麼就那麼難？」總算，楚瓚熙開口訴說了這陣子以來所累積的情緒，眼淚也緩緩從頰邊滑落。「我不要功名利祿，也不需要虛偽的掌聲與讚美，更不需要什麼系歌后的名號，我就只想當我自己，當個只喜歡唱歌的楚瓚熙，怎麼就這麼難呢？」

「不是這樣的，妳別這麼想，瓚熙，妳真的已經很棒了，」朴炎彬蹲到她面前，即便楚瓚熙感覺不到，可他依舊伸出手，輕輕摸了摸她的頭給予安慰，「那種卑鄙小人說的話不必放在心上，左耳進右耳出即可，我們不需要太在意。」

「你不會懂的！」但朴炎彬的這些話似乎沒有起到安慰效果，反倒像火上澆油般令楚瓚熙更為光火。「你十六歲就幸運出道，從那之後便被經紀公司重用，一路平步青雲，唱的歌演的戲都能大紅，像我這種在自己最喜歡的事上屢戰屢敗的心情，你怎麼可能會懂？又怎麼可以若無其事地叫我別在意？」

「妳誤會我了瓚熙，我不是這個意思，」朴炎彬委屈，「我的意思是，這個世間還有很多愛妳的人，而我相信這些人對妳來說，肯定比那些討厭妳的人還要重要很多很多，所以到底憑什麼要讓那些討厭我們的人，只用幾句話就輕易抹滅了愛我們的人對我們的肯定，還有我們自己的努力？那些討厭我們的人所說的話本該輕如鴻毛，又為什麼我們非要一字一句都放進心裡折磨自己？」

朴炎彬將雙手放到楚瓚熙的肩膀上，「也不是要炫耀自己比妳慘或什麼，只是妳應該知道，我也並非一直都這麼順利，妳還記得我第一次演的那部古裝劇嗎？播出的那陣子天天都有人打電話到公司罵我，說我真的演得很爛，還說只要看到我穿古裝就覺得噁心，說我永遠都是面癱演技；還有那個曾彥啊，妳一直都知道的，我的資源三番兩次被他搶走，這我就不用多說了吧？」

吸了吸鼻子，再用手抹去臉上的淚痕，待楚瓚熙稍微消化了點情緒後，就覺得朴炎彬其實言之有理，也對自己方才亂發脾氣所說出來的話有些過意不去。「對不起，我剛剛講的那些不是故意的。」

「沒關係，我懂。」朴炎彬笑了笑，表示自己沒有不悅，還因為楚瓚熙想通了而感到欣慰。

「欸，」突然楚瓚熙提了一個請求，「通常這時候不是應該來個擁抱嗎？你知道嗎，要瞬間療癒一個傷心的人，特效藥就是擁抱。」

似乎是沒料到楚瓚熙會這麼說，朴炎彬登時愣了愣，但隨即就對她大方的張開雙臂，「那就來吧！」

然後楚瓚熙果然如預料地撲了個空，以朴炎彬現在的魂魄型態，她最多只能看到，要摸到或碰到已經是天方夜譚，更別說彼此擁抱了。

「可惡，」楚瓚熙大笑，覺得自己現這樣應該特別蠢，本想藉機偷吃自家偶像豆腐，卻沒料到最後抱著的竟是她自己的雙臂，「我到底在幹麼啊？根本就抱不到你啊。」

朴炎彬試著再度朝楚瓚熙敞開雙臂，可最後依舊連楚瓚熙的髮絲都搆不著。

「算了啦，」楚瓚熙放棄，「這樣才正常，如果我真的抱的到你，那也怪嚇人的。」

「嗯，也是啦。」

「好啦，」楚瓚熙站起身，隨後進廁所裡洗了把臉，最後拿起錢包，「我要去買晚餐了，今天你想吃什麼？」

「都可以，看妳想吃什麼。」

「好喔，你說的喔！那我就買臭豆腐回來孝敬你！」

「喂喂喂！妳都是這樣對待妳的心靈導師的嗎？妳這個忘恩負義的傢伙！我說都可以是體諒妳耶！」

「好啦好啦，不然我們改吃臭臭鍋？」

「楚瓚熙！」

「哈哈哈哈……」

兩人恢復了打鬧模式，看著楚瓚熙重振精神的樣子，讓朴炎彬放心不少，同時也發自內心希望楚瓚熙可以一直都這麼快樂，即便偶遇挫折也能依然開朗。

而楚瓚熙的那個想要和他擁抱的請求，也被他暗自記下，他承諾，在不遠的將來他一定會幫她實現。

用那種能真實觸碰、感受到的方式。

Chapter 4

失去星星的另一顆星

The Eternal Flame
of Fire Forever

「瓚熙妳實在太過分了！昨晚竟然真的買臭豆腐加臭臭鍋回來！早知道就不該教妳什麼左耳進右耳出了，有妳這麼忘恩負義的嗎？」

對於昨晚楚瓚熙買了他說絕對不可以買的東西回來當晚餐一事，朴炎彬仍然耿耿於懷，甚至還有點後悔把「左耳進右耳出」這句至理名言告訴她，這無異於是搬石頭砸自己的腳嘛！

「嘖，你口不渴嗎？」楚瓚熙無奈，現下不只朴炎彬後悔，連她自己也很懊惱，早知道吃個臭臭鍋配臭豆腐，耳朵會被唸到快長繭，她還不如直接內用完，然後再順路買點雞蛋糕之類的小點心回去給朴炎彬交差。

後來楚瓚熙真的受不了，只好向朴炎彬下最後通牒：「煩死了，沒讓你餓肚子就已經很不錯了，整天碎碎碎碎碎碎唸的，小心我今晚餓死你！」

倏地，就在楚瓚熙和朴炎彬還爭執不休的同時，不曉得是誰打開了學餐的液晶電視，硬是將朴炎彬還想繼續碎嘴的話打斷——

「接下來為您插播一則新聞，新一代宅男女神蜜兒，疑似因服用過量藥物而昏迷不醒，目前已送至醫院進行搶救……」

聽著電視裡的主播如此報導，在場的人無一不大吃一驚。

「怎麼會這樣？」

「對啊！蜜兒怎麼了？」

「我的天啊！前幾天才看到她代言的遊戲廣告而已，真希望她沒事……」瞬間，整個學餐便炸開了鍋，此起彼落的討論聲不絕於耳，「蜜兒」這兩個字更成了所有人的焦點，楚瓚熙及朴炎彬也停下咀嚼與吵鬧，全神貫注地繼續看新聞——

「各位觀眾，現在我們所在的地方就是目前蜜兒所住的醫院。稍早經紀人表示，今天早上十點左右因聯繫不上蜜兒，才前往住處查看狀況，入內後隨即發現蜜兒昏迷不醒，床頭放有各式藥品，經紀人立刻打電話通知救護人員——」

緊接著電視的畫面一轉，本來是記者配著醫院當背景說話，後來則變成一面藍色及一支話筒的塗鴉，同時播放了蜜兒經紀人與記者對談的語音。

記者：「請問蜜兒現在的情況如何呢？」

經紀人：「目前還在觀察中，如果有進一步消息會再通知大家。」

記者：「請問尋短的原因是？因為工作壓力嗎？還是感情問題？」

經紀人：「這方面我們不清楚，而且也屬於藝人隱私，我們不方便透露，不好意思。」

記者：「那現在就還是等蜜兒醒來才能了解狀況嗎？」

經紀人：「對。而且我們一切都會尊重藝人的意願——」

「我的天啊，怎麼會這樣？」而後楚瓚熙瞪大眼睛轉過頭，本想與朴炎彬討論這件事情，但轉過頭後卻發現他已經不見了。

到底怎麼回事？她一臉疑惑，也不太曉得朴炎彬究竟是什麼時候消失的。

算了，她想或許是今天她買的午餐朴炎彬也不滿意，所以另外去覓食了吧。楚瓚熙未做他想，再次把焦點放在蜜兒的新聞上，並和其他人一樣，希望蜜兒可以早日康復、一切平安。

☆ ☆ ☆

「欸，宋云圭，你有看到朴炎彬嗎？」

本來以為朴炎彬只是外出覓食的楚瓚熙，在朴炎彬不見整整半天後終於察覺有異，於是放學後便立即找上宋云圭一問究竟，看他知不知道朴炎彬的行蹤。

宋云圭聞言也是一頭霧水，直覺是前幾日的校慶歌唱大會海選被淘汰讓她打擊太大，才會這樣神智不清。

「妳到底在說什麼傻話啊？」宋云圭將楚瓚熙拉著自己的手撥掉，然後提醒道：「妳覺得我有辦法告訴妳答案嗎？現在就只有妳看得到朴炎彬。除了妳之外，還有誰會知道他去哪了？」

「唉呦，我要是知道就不會問你了。」眼下狀況緊急，楚瓚熙也只能求助於宋云圭了——畢竟他是朴炎彬的兄弟，又肯相信朴炎彬鬼魂尚存一事——於是便將事情經過一五一十地告訴他。

語畢，楚瓚熙又問了一次：「所以，你知道朴炎彬他會跑去哪嗎？」

「蜜兒？」宋云圭一邊思考，一邊在腦海深處搜索自己對「蜜兒」這個名字的記憶，然而他對蜜兒的印象和他人並無二致。「不就是這幾年開始竄紅的模特兒嗎？號稱什麼第一名模的接班人，又稱做新一代宅男女神？」

「唉呦，」宋云圭的答案讓楚瓚熙差點沒昏倒，「怎麼你們男生都只注意這些啦！我是要找朴炎彬，才不在乎蜜兒是不是接班人還是什麼宅男女神的。」

「楚瓚熙妳能不能冷靜點？」宋云圭試著分析給楚瓚熙聽，「我會提到蜜兒是因為我覺得這件事跟她有關。妳說當時你們看到蜜兒的新聞，沒多久他就不見了，對吧？」

楚瓚熙點頭，「嗯，對，是這樣沒錯。可即便如此，跟蜜兒又有什麼關係？我從小就追著他一直到現在，對他的事情無所不知，如果他跟蜜兒認識的話，那我怎麼會不知道？」

「如果他有心要隱瞞呢？」宋云圭反駁她：「他不就對外界隱瞞了Fire Forever的存在嗎？更何況藝人也只是普通人，他沒有義務將自己的私事都昭告天下吧。」

楚瓚熙無話可說，只能任由宋云圭將她帶至停車場，戴上向警衛借用的安全帽，然後一路飆到蜜兒所住的醫院。

「你怎麼確定朴炎彬一定會在這裡？」脫下安全帽，楚瓚熙皺眉，覺得匆忙將她帶來這裡的宋云圭很衝動。

宋云圭則是對她投以一個鄙視的眼神，「與其在那裡瞎猜，還不如身體力行；如果這裡沒找到，那至少代表朴炎彬和蜜兒這件事情沒有關係。」

聽聞宋云圭這番話，楚瓚熙也覺得頗有道理。但蜜兒是知名模特兒，又住在特等照護病房，要找到人豈會如此輕易？更別說那些神通廣大的媒體記者們，到現在也對裡面的情況一無所知，他們兩個路人即便找到蜜兒的病房，也是不得其門而入。

就在他們陷入苦惱的同時，消失了大半天的「失蹤事件」主角朴炎彬總算出現了。但朴炎彬的模樣卻不太妙，臉色蒼白、滿臉驚恐，心急如焚地要楚瓚熙趕快上去救人。

「怎麼了？幹麼那麼急？」楚瓚熙邊跑邊問，「要救誰？」

而朴炎彬的臉難得顯露出嚴肅，一雙幽暗的墨瞳中隱隱藏著自責、難過、哀傷，是旁人難以理解的疼痛。

朴炎彬沿途一語不發，用畢生最快的速度引導楚瓚熙和宋云圭，也不知道是巧合，還是冥冥之中有什麼力量在助他們一臂之力，這一路到頂樓的電梯竟異常順暢，甚至電梯中也只有楚瓚熙、宋云圭這兩個人和朴炎彬一條魂，簡直不可思議。

然而情況緊急，楚瓚熙和宋云圭沒時間多想，只能依照朴炎彬的指令推開頂樓的安全門，這不開還好，一推開門竟看見蜜兒站在天臺的圍牆上，搖搖欲墜的身子隨時都很有可能被風吹落。

「我的天啊！」眼前的景象把楚瓚熙嚇得驚慌失措；朴炎彬也沒有好到哪去，他眼眶裡含著氤氳霧氣，但仍強撐著不讓淚水溢出眼角。

「有沒有軟墊之類的？先叫人在樓下做好防護措施！」相較於楚瓚熙和朴炎彬，宋云圭就冷靜理智多了。

但是蜜兒似乎並不想給他們救人的機會，頃刻之間，她一個跨步向前準備縱身一躍，而四周的空氣也跟著朴炎彬的那句「不要！」一起凍結……

電光石火間，楚瓚熙和宋云圭火速往前衝去，兩人一同以迅雷不及掩耳的速度將游移在矮牆邊的蜜兒抱了下來。

「妳到底在做什麼？妳知不知道這樣很危險？」也不管眼前這個人是不是知名模特兒——同時還是個病患——宋云圭劈頭就罵：「死是不能解決問題的妳知道嗎?!」

「放開我……我拜託你放開我……」蜜兒毫無血色的容顏滿是淚痕，癱坐在宋云圭懷裡激動掙扎，甚至還埋怨他們救了自己。「你們為什麼要救我？我已經不想活了，你們為什麼不放我走？為什麼你們一個個都這樣？一直要逼我活下去……」

「對不起蜜兒……我對不起妳……蜜兒……」原本還驚魂未定的朴炎彬，在看到蜜兒的眼淚後也跟著潰堤，一邊哭一邊不斷地道歉。

這下楚瓚熙總算明白，也稍微能拼湊出一點原委——蜜兒尋短的原因絕對和朴炎彬脫不了關係。

半晌，楚瓚熙開口問道：「什麼情況？朴炎彬你說清楚吧。」

「朴炎彬」這三個字彷彿某種開關，讓蜜兒又哭得更加撕心裂肺。

「蜜兒是我女友，」朴炎彬道出了沒有人知道的事實，「我們才剛交往一年而已，礙於我公司的禁愛令，一方面也是想保護蜜兒……所以我不敢官宣，就連平常的約會我們也都小心翼翼，能分開走就分開走，能不牽手就不牽手，讓她一點當女友的尊重都沒有。都是我的錯……都怪我……對不起、真的對不起……」

這一刻，聽完這些話的楚瓚熙一整個懵了，她完全沒料到朴炎彬跟蜜兒竟然還有這層關係……

「瓚熙妳能幫我傳話給她嗎？」朴炎彬雙手合十，飄來楚瓚熙的面前說：「拜託妳幫幫我吧，現在能做到這些的就只有妳了。」

「當然可以啊！」楚瓚熙真覺得自己快被朴炎彬打敗了，平時明明那麼不客氣，在這種緊急時刻卻反而如此謹小慎微。

朴炎彬說：「妳幫我告訴她，我並不想看到她這樣，見到她這樣我很難過，對不起，一切都是我的錯。」

然後楚瓚熙轉向蜜兒，直接告訴她朴炎彬現在就在一旁，以及幫他傳遞剛剛的每字每句。

「騙人！」但蜜兒不相信，「他怎麼可能會在這裡，妳不需要為了阻止我就編造這種荒謬的故事！」

「她說的是真的，」宋云圭幫腔，「否則醫院那麼大，我們又怎麼這麼剛好知道妳在這裡，還剛好救了妳？」

「再講多一點！」楚瓚熙催促道，希望朴炎彬最好可以講些什麼，讓蜜兒對他的存在深信不疑。

「我們是在一場慶功宴上認識的，那時她穿著一襲紅色洋裝，我瞬間就被吸引了；是我先喜歡上她的，也是我先告白的！」

在楚瓚熙幫忙說出這句話後，蜜兒的情緒才終於稍有平復。

「炎彬?!」蜜兒驚訝地瞪大眼睛，「炎彬真的是你嗎？你真的在這裡嗎？」

「他還說他對不起妳，」楚瓚熙擷取剛剛朴炎彬的話繼續幫忙補充，「因為公司的禁愛令，害妳連一個最基本當女朋友的權利都沒有，這全都怪他，是他的錯。」

「不，不是這樣的，」蜜兒激動地猛搖頭，「他很好，他真的很好，所以我很愛他，我不能沒有他！」

「我知道，」楚瓚熙這回不替朴炎彬傳話，而是發自肺腑道：「我可以理解妳的痛。」然後緊接著又說：「身為朴炎彬一直以來的粉絲，在聽到他離開人世的消息時，我簡直覺得世界崩塌了；但他那麼樂觀，而且也總是希望能為身邊的人帶來快樂，所以我相信他不會願意看見我們悲傷的。更何況他一個那麼有責任心的人，如果妳真的因為他輕生，妳想想……他會有多自責呢？」

「但我真的沒辦法！」蜜兒悲痛大哭，「他走後的這幾個月，我每天都好想好想他；我每天都祈求，既然他走了，那怎麼不乾脆也把我一起帶走？妳說妳能理解？不！妳根本什麼都不懂！」

蜜兒的話讓楚瓚熙和宋云圭相顧無言，即便有再多的同理心或換位思考，他們兩個確實都無法深切體會蜜兒的痛；一個是兄弟、一個是粉絲——何況楚瓚熙更是萬中選一的幸運兒，至少還能看見朴炎彬的靈魂——又怎麼能和身為愛人的蜜兒相比呢？

最終，他們能給予的只有安靜的陪伴以及溫暖的擁抱；直到虛弱的蜜兒哭累了之後，兩人才一起背著她回病房休息。

面對病房裡醫護人員的詫異目光，他們並未多加解釋，只輕描淡寫地表示在外面走廊上發現了蜜兒，請醫護人員們好好保護好她，千萬別再讓她亂跑了。

「可不可以再等一下？」當醫護人員下逐客令時，朴炎彬還依依不捨地站在蜜兒的病床前，紅腫的雙眼看著令人心疼。

「不然我們先走？」楚瓚熙提議，「反正他們看不見你，你繼續待著也沒關係；而且如果再發生像剛剛那樣的事，你也比較好來搬救兵。」

朴炎彬遲疑了一會兒，還是搖頭婉拒了楚瓚熙的好意。他知道逗留於此對蜜兒來說並非好事，對他自己亦然——畢竟人鬼殊途；所以目前最重要的就是希望蜜兒可以將他放下，然後尋找屬於她的幸福。

他們只又多停留片刻，離開前朴炎彬回身對蜜兒投以一抹不捨的目光。

而當晚，蜜兒作了個夢，夢裡朴炎彬的輪廓很朦朧。珍重再見，是朴炎彬最後對她所說。

☆ ☆ ☆

在蜜兒出院的隔天，楚瓚熙他們的校慶也緊鑼密鼓地揭開序幕；而本來一直以為楚瓚熙那天陰陽怪氣是因為海選被淘汰的宋云圭，也總算在今天得知了事情的真相，只是他依舊不改欠揍態度地損了楚瓚熙幾句：「好吧，不過也是啦，畢竟妳是她一直以來的對手，難得有能把妳壓下去的機會，她當然要好好抓住啊。但妳也該好好檢討吧？雖然可惡，但翁茜茜說得也有道理，是妳自己沒有去學生會的官方粉專確認，所以能怪誰？」

宋云圭這番話彷彿是把鹽，不偏不倚地撒在楚瓚熙的痛處，讓楚瓚熙氣得咬牙切齒卻又無言以對，只能當俎上魚肉，任宋云圭宰割。

最後是講台上傳來集合的叫喚才平息了這場戰火，否則以宋云圭那張刀子嘴，恐怕又會說些更殺人誅心的論調，屆時即便楚瓚熙再怎麼居於下風，也一定也會不甘心地反擊。

園遊會開始後，楚瓚熙本想偷偷回租屋處補眠，卻不料被宋云圭逮個正著，而且還真被他叫去當免錢的跑腿工。

「為什麼我要幫你啊?!」楚瓚熙不悅。

然而面對楚瓚熙的哀號與抗議，宋云圭戲謔地反問：「難道妳需要上去唱歌嗎？」

楚瓚熙悲哀地搖了搖頭。

「那就對了，」宋云圭說：「依我們之前的約定，如果妳今天沒參加歌唱大會，那就要來幫我做苦力，有什麼問題嗎？別告訴我妳忘了啊！」

在宋云圭的逼迫下，楚瓚熙開始了她的校慶跑腿人生，和幾位同樣倒楣的同學一起忙得昏天暗地。

中午時分，楚瓚熙聽見眾人議論紛紛，據說翁茜茜班上的午餐憑空消失，後來聽說出現在了操場上，再後來又被運去隔壁大學的廣場，彷彿在跟他們玩捉迷藏似的，一直到過了用餐時間他們才終於成功吃到飯；然而由於時間緊迫，還有大隊接力比賽緊隨其後，導致好幾位參賽選手當場大吐特吐。

雖然有些於心不忍，但楚瓚熙還是竊喜地拍手叫好，畢竟翁茜茜也是午餐事件的嘔吐受害者呢。

而下午發生的事就更加詭異了。下午最後一場活動是校園歌唱大會，其他演唱者的麥克風都安然無恙，唯獨翁茜茜這位壓軸狀況百出，先是發不出聲音，緊接著聲音雖然出現了，但卻斷斷續續的，令人聽了直呼煩躁。

後來學生會的工作人員上台幫翁茜茜換掉麥克風，初時順了很多，但居然在翁茜茜唱到精華段落時，高音飆上去的瞬間麥克風直接大爆音。

霎時間，尖銳刺耳的聲音迴盪在校園中，站在臺上的翁茜茜無地自容又不知所措，最後只能梨花帶淚地跑下臺。

「如何如何？」朴炎彬喜孜孜地問楚瓚熙，「她這表演真的超精彩的對吧？」

「嗯，」楚瓚熙點頭，「有夠精彩，果然是惡有惡報！」

「那麼做為謝禮，讓我喝杯珍奶吧！」

「蛤？」楚瓚熙不解，「為什麼？翁茜茜麥克風壞了關你什麼事？」

「我用的啊！」朴炎彬可驕傲了，「我第一次試著在麥克風上動手腳，沒想到效果還不錯。還不快好好謝謝我！」

「哇塞，」楚瓚熙有點感動，沒想到自己也能有幸受到偶像的幫忙。「那他們中午的便當也是你用的嗎？」

朴炎彬搖頭，「不是，但我覺得不管是意外一場還是故意為之，反正都是活該啦！誰叫他們要欺負我們瓚熙！」

聞言，楚瓚熙笑了，除了笑翁茜茜被整了的那部分，另一方面則是因為朴炎彬的那句「我們瓚熙」。

雖然只有四個字，但她卻覺得比一整首歌曲更加悅耳動聽。她很喜歡。

「喂喂，楚瓚熙！還杵在那裡做什麼？」突然，一道煞風景的叫喚硬生生打斷了她的自我陶醉，楚瓚熙只好動身協助閉幕工作。

雖然不太情願，但和回租屋處當隻縮頭烏龜相比，她真慶幸自己有留下來看翁茜茜出糗，這也讓被拖來當免錢勞工這件事變得沒有這麼令人無法接受。

收拾工作到了尾聲，忙到快翻了的宋云圭才終於又現身，但詭異的是，他看起來好像很開心。

「你在笑什麼啊？」從沒見過宋云圭這麼開心，楚瓚熙不禁表示好奇。

「沒、沒有啊，我哪有笑。」宋云圭嘴硬。

最後旁邊的同學湊上來，才替楚瓚熙解答了疑惑。對方手舞足蹈地表示：「宋云圭你今天中午幹得真漂亮！平時都不曉得原來你那麼有向心力，知道我們跟翁茜茜他們不合才搞出這場惡作劇，真有你的！回頭我讓班上好好謝謝你！」

而後憑藉「中午」、「翁茜茜」這幾個關鍵字，楚瓚熙就算再怎麼遲鈍也都猜到了。

「所以翁茜茜他們班中午的餐點延誤是因為你？」

「也不算吧，」宋云圭維持一貫的高傲，聳聳肩道：「他們都能『不小心』把錯的海選海報發給我們了，那我應該也可以請我們的送餐夥伴『不小心』把餐點送錯地方啊。」

「可以啦！可以啦！」那同學拍手叫好，還拉了更多同學齊聲鼓譟。

「好了好了，」宋云圭擺擺手，示意他們安靜點，「快點收拾吧，不然天就要黑了。」

除了繼續進行收拾的任務，他們還一邊討論等等要去哪裡吃慶功宴，因為他們班的大隊接力跟拔河都贏了冠軍。

「好啊好啊！要吃大餐耶！太棒了！太棒了！」當然，愛吃的朴炎彬也不例外地跟在楚瓚熙身後，一行人浩浩蕩蕩地慶祝去了。

「喏，謝啦。」用餐期間，楚瓚熙夾了一塊肉給宋云圭，而這幫他夾食物又道謝的情況，讓宋云圭不由地一頭霧水。

「沒什麼，」面對宋云圭帶著疑問的眼神，楚瓚熙解釋，「只是覺得你人其實還滿好的。」

Chapter 5

一閃一閃亮晶晶

The Eternal Flame of Fire Forever

「嘖，小虎！你怎麼還是照A版的譜來刷和弦？我不是已經說過要改用B版的譜了嗎？然後金毛！你剛剛結尾那裡慢半拍，還有妳楚瓚熙！就叫妳麥克風要架好了，怎麼妳還讓它掉下去！」

校慶結束後沒多久，Fire Forever的團練就如火如荼地開始了。

這次他們練得比以往更加勤奮，除了每晚撥空練習之外，最近每個週末也必須整天集訓。會如此積極賣力地練習，其實是因為朴炎彬的冥誕將至，經紀公司打算以他的名義舉辦一場「朴炎彬生日紀念歌唱大賽」，這消息已經傳遍了全臺，屆時出席的參賽者肯定如過江之鯽。

既然是以朴炎彬為名所辦的比賽，他們正宗朴炎彬創立的Fire Forever又怎麼可以缺席呢？當然更要好好練習，然後拿個冠軍回來，才不辱朴炎彬的顏面啊！

然而除了練習，他們眼下最苦惱的是自創曲的部分；現如今不管是電視選秀節目還是校園歌唱，幾乎都是以招募創作歌手為主，如果沒有一點原創的作品，勢必會比其他參賽者更屈居劣勢。

而很恰巧地，Fire Forever原就是個樂團，對本就有創作功底的他們而言，這項任務並不困難；只是說簡單也不簡單，因為……

「別發那麼大脾氣，」望著宋云圭那越練越大的怒火，蝦子趕緊出聲打圓場，「這些都不是什麼大問題，和弦不管刷是刷A版還是B版差異都不大，慢了半拍下次再快點就行，麥克風沒架好重新弄就是，現在最重要的是詞吧？以往都是朴炎彬負責，我們閒著的人就寫寫旋律、編編曲子；現在倒好，他這麼一走，誰來寫詞？」

是的，沒有錯，大眾都說朴炎彬是個很有才華的歌手，其實一點也不為過。如蝦子所言，以往Fire Forever的詞都出自朴炎彬之手，他們幾個則是輪流作曲、編曲，有時甚至還會嘗試混音，畢竟他們的文采並不似朴炎彬那般出眾，詩詞歌賦也沒有半樣精通，只能彈彈樂器、哼哼旋律與朴炎彬搭配；現在朴炎彬不在了，他們彷彿離了水的魚兒，徬徨無措。

「對啊，怎麼辦？」小虎說：「除了炎彬哥之外，我們其他人都不會作詞。之前也不是沒有試過，可就是怎麼寫怎麼怪、寫出來都是一些俗不可耐的芭樂內容。」

而金毛提議：「不然你們學校有沒有中文系的？就叫你們中文系的幫忙不就好了？」平時看似粗枝大葉的金毛，竟難得給出這麼有建設性的建議，但卻馬上就被宋云圭給駁回。

宋云圭說：「不行！中文系的再怎麼會作詞，也依然不是Fire Forever的一員！」

「不然呢？」由於認同金毛的提議，所以蝦子對於宋云圭的反對有些不滿，「不找外人幫忙寫，難道你寫嗎？」

聽完蝦子的話後，所有人都沉默了。

再一陣詭譎的靜謐中，原本想躲在後面避避風頭的楚瓚熙，好死不死麥克風又再次掉落，在地板上發出結實的悶響。

眾人聞聲，紛紛回頭，令本想置身事外的楚瓚熙瞬間在劫難逃。

「就是妳了！」果不其然，隨著宋云圭的視線，其他人也相繼往楚瓚熙的方向看過去，「妳應該知道怎麼辦吧？歌詞的部分交給**你們**沒問題吧？」

面對宋云圭的意有所指，楚瓚熙當然明白他的意思。

她側頭看了看朴炎彬，完全沒有徵求同意的打算，只是露出了一副「聽到沒，就是你了！」的表情。

然而朴炎彬居然推卸責任，只說了句：「宋云圭叫的是妳不是我喔。」就又把球踢回去給楚瓚熙。

似是僅一句話仍無法發洩心中的無奈般，朴炎彬又繼續抱怨：「要不是看在他們寫的詞都不能聽的份上，我才不想寫咧！知不知道作詞很燒腦？每次寫一首都要花好幾天的時間，除了字句要美，節奏還要能對得上，如果可以押韻更好，更別說詞曲倒音的問題了！每次寫完我都覺得自己的腦細胞快被榨乾。而且再怎麼說這比賽也是以我的名義舉辦的，如果由我來寫詞，那不就等同於是在幫你們作弊嗎？」

「但我從來沒寫過歌詞啊！」回應朴炎彬的同時，楚瓚熙也如此拒絕宋云圭。

然而宋云圭豈肯罷休，只霸道地表示要楚瓚熙別廢話，最後甚至直接將交件日期訂好，還命令其他團員在歌詞完成前都不准先作曲，簡直就是要把她往死裡逼。

眼下這般，楚瓚熙又能如何？面對宋云圭的惡勢力，她只能放手一搏了，反正她相信，如果自己真的寫得一蹋糊塗，朴炎彬大概也不會袖手旁觀吧？

對吧？

朴炎彬應該會幫她的……吧？

☆　☆　☆

「在哪啊？朴炎彬你不會是在騙我吧？還是你記錯了？」暑假第一天本來可以回家吹冷氣配冰棒，但楚瓚熙卻硬是被叫來練團室找靈感，也害得她必須編造要提前寫下學期報告的謊話，好跟父母解釋為什麼已經放暑假卻還不回家。

「當然沒有！」朴炎彬對楚瓚熙的質疑相當不滿，「這裡是我的地盤耶，我怎麼可能記錯！妳再找找，認真找，之前Fire Forever寫好的曲子我都放在這裡了，妳就隨便挑首順眼的填詞吧。」

「可是就真的沒有嘛！」如此暑氣難耐的大熱天，要楚瓚熙窩在這密不透風的練團室翻箱倒櫃本就讓她心情不爽，現在找了將近一小時都還沒找到朴炎彬所說的樂譜，害得她都要抓狂了。

「在那裡！」萬幸，在這一瞬間，朴炎彬終於看到了，語氣裡是百分之百的肯定：「就在那下面，我看到了！」

聞言，楚瓚熙先是抬頭瞪了朴炎彬一眼，接著才依他指的方向彎身拾起一份有些老舊泛黃的文件。

在看見樂譜的那瞬間，朴炎彬暗自鬆了口氣，幸好這次他沒弄錯，也好在楚瓚熙腳邊就正好有一份樂譜，否則看她那快要爆炸的模樣，要是再拖下去，後果恐怕不堪設想。

小心翼翼地將樂譜翻開，楚瓚熙仔細打量，前面幾頁字跡工整端正，但後面幾頁卻凌亂不堪，除了略略泛黃的痕跡外，那上頭還裹著一層厚厚的立可帶，像是已經被修改了數百次。

朴炎彬默默飄到楚瓚熙身旁，上頭的字跡看著很眼熟，譜曲的音符也非常熟悉，看著像是出於自己之手，但卻又帶著一股違和。

「為什麼後面這幾頁這麼亂？」楚瓚熙指著譜上被一再修改的段落，「這樣是要我以哪個為主？」

朴炎彬沒有回應楚瓚熙的提問，只是盯著樂譜若有所思；沉默了好一陣子後，他總算想起來了：「這是……這是〈編號六號〉！」原來，這就是讓他和宋云圭吵架，更間接造成Fire Forever休團兩年的元凶。

「什麼?!」總聽他們幾個在那裡「編號六號」地喊，現在楚瓚熙總算是見到本尊了。

朴炎彬再往前飄近點，更仔細地端詳著〈編號六號〉，看著上頭那密密麻麻的修改痕跡，他霎時便明白了，原來這個熟悉又帶有一種違和感的字跡竟是宋云圭的。

當年他們對幾個段落的修改方向意見分歧，最後鬧得不歡而散；可沒想到的是，原來宋云圭竟然有把他的話記下，而且綜合了雙方意見，早就修改出一個更合適的版本。

「是我錯怪他了，」朴炎彬說著，不禁微微哽咽，「對不起，我不該為了這點小事就跟他吵架，也不該因此就草率地停掉Fire Forever的活動。原來他真的有把我的話聽進去……」

望著朴炎彬複雜的神情，楚瓚熙先前那抹因為燠熱氣溫所帶來的不耐統統一掃而空，取而代之的是一點不捨、一點心疼，以及一點感動。

「瓚熙，」過了良久，朴炎彬突然轉頭，鄭重地對她說：「我把〈編號六號〉的詞交給妳了，請妳一定不要白費這些心血，拜託了。」

用不著朴炎彬交代，楚瓚熙也絕對會好好填詞，因為她知道這首〈編號六號〉對整個Fire Forever而言意義重大，且時隔兩年還能重見天日也實屬不易。楚瓚熙但笑不語，只輕輕地向朴炎彬點頭；而朴炎彬也相信，楚瓚熙絕對能賦予這首〈編曲六號〉不一樣的靈魂。

☆　☆　☆

只是想歸想，真正在填詞的時候，楚瓚熙不免還是遇到了瓶頸，現在她就正卡在某一句，多一個字更美，但卻會跟不上音樂節奏的窘境中。

「欸，我餓了，妳到底要不要吃晚餐？」只是朴炎彬真的很沒有眼力見兒，楚瓚熙為了作詞一個頭兩個大，只差沒起來呼喊咆哮，他居然還能一派清閒地催促楚瓚熙去吃飯，簡直討罵。

「沒空，不要吵！」果然被罵了。楚瓚熙頭也沒抬地喊了兩句，從拿著樂譜回到租屋處起，她始終緊盯著電腦螢幕，耳邊播放的是她學朴炎彬所哼出來的〈編號六號〉旋律。此刻的她也總算了解為什麼其他人——包括朴炎彬——都不願意接下這個重責大任了。

「改成這樣有比較好嗎？」苦惱了半天，楚瓚熙有氣無處發，只好往後轉，對朴炎彬這個始作俑者抱怨，「這一段原本長怎樣？為什麼要這樣改？改成這樣有比較好填詞嗎？」

「有、有吧……」面對楚瓚熙一連拋過來的諸多疑問，朴炎彬也不曉得該怎麼回答才好，畢竟這份譜是兩年前完成的，但他對自己的音感還是相當有自信，當初會這麼堅持要改成這樣，一定是有原因的。

「不然好啦，」朴炎彬妥協，「妳寫到哪了？現在卡在哪？剩下的我來寫吧。」

「不行！」楚瓚熙拒絕朴炎彬，畢竟就像他之前說的，讓他來幫忙填詞就會有作弊的嫌疑，雖然即便如此，其他團員和參賽者也一無所知。只是楚瓚熙覺得她一定要靠自己完成這份歌詞，像是身負了一種使命；何況她也已經答應朴炎彬會認真地把歌詞寫好，她必須信守承諾才行。

☆　☆　☆

「哇，不會吧，這不是〈編號六號〉嗎？我們幾個後來要找都找不到，居然會被妳翻到，而且還把詞填得那麼好？」

「對啊！瓚熙姐怎麼辦到的？難道是冥冥之中有炎彬哥的加持？曲跟詞的搭配真的超完美耶！簡直天衣無縫！」

雖然耗費了不少體力、腦力跟心力，連帶朴炎彬也跟著被餓了幾頓，但排定要交件的這天，楚瓚熙依舊如期交出成品。大夥兒原本只是抱著死馬當活馬醫的心態，並不期待楚瓚熙真的可以完成這項艱鉅任務，最糟的情況大概就如金毛所提議，去拜託他們學校中文系的同學幫忙；然而令人出乎意料的是，楚瓚熙不只達成了任務，而且表現還出乎意料地好。

但最讓眾人跌破眼鏡的並不是這份完稿的〈編號六號〉，而是在那泛黃的紙張上塗塗改改的痕跡。

大家都沒想到，平時最一意孤行的宋云圭，居然願意聽進朴炎彬的意見修改樂譜，而且還是早在兩年前就完成了。

「喂，宋云圭，你有改譜幹麼不說？」精明的蝦子抓到重點，「你如果早點講，Fire Forever也不至於休團。你到底是在堅持什麼啦？」

撇過頭，宋云圭嘴硬道：「我愛改就改，不行嗎？」

「唉呦好了啦，」經過這些時間的相處，楚瓚熙已經習慣這群爆脾氣的團員隨時都可能為了一些雞毛蒜皮的小事起爭執，所以便自然而然地出聲制止，「不管有沒有改，反正現在的結果是好的就行了吧？所以快點吧，抓緊時間練歌了！」

語畢，大家便各歸本位拿起樂器，隨著旋律與歌詞賦予〈編號六號〉一個充滿希望的新生。

「等一下！」開練後大家奏得正順，但是刷著貝斯的蝦子卻舉起手喊停。

「怎麼了？是詞哪裡有問題嗎？」楚瓚熙一向就對自己沒自信，所以第一時間就聯想到是不是自己的詞有什麼不妥，很怕自己拖大家後腿。

「不是，這整首歌好得很，只是……」蝦子不甚自在地環顧現場每個人，「我想說之後就要填報名表了，現在朴炎彬已經不在，目前也有瓚熙這位主唱來代替他，那我們的團名是不是就要改一下？」

聞言，大夥兒面面相覷，最後把目光停在楚瓚熙身上，而楚瓚熙則仰頭望向朴炎彬，不知該做何回應。

「沒關係啦，」朴炎彬笑笑的，但那笑容和語氣分明有些無奈。「你們要改就改掉吧，當初會這樣取也只是拆掉我名字的『炎』字下去延伸發想而已；現在我已經不是樂團的成員了，你們就改成你們喜歡的吧，我沒差啦真的。」

「朴炎彬……」面對朴炎彬的口是心非，楚瓚熙從原本的不知所措變成了心疼。

她知道Fire Forever對朴炎彬的重要性，也就是因為知道，才能體會出他話語裡的孤寂，既體貼也惋惜。

「為什麼要改？」

當楚瓚熙要開口留住「Fire Forever」這個團名的同時，宋云圭也發話了。

「幹麼要改？」宋云圭冷著臉說：「不論如何，這個團都是他一手創立的，如果沒有他，世界上就不會有Fire Forever。不管他今天在或不在，我們都是Fire Forever，就算有天我們真的解散了，也永遠都只會是『Fire Forever』。」

「對對對！云圭哥說得是！Fire Forever萬歲！Fire Forever萬萬歲！」

「對啊！好端端地改什麼改！蝦子你有病是吧！就這麼定了，Fire Forever誰都不許改名！楚瓚熙妳沒意見吧？」

「沒有！沒意見！」其他團員的附和令楚瓚熙滿心感動，順勢轉頭對朴炎彬回以一笑，而朴炎彬那一臉驕傲的模樣就像在說：「看吧！我的眼光真好！選的都是神隊友！」

「好啦，對不起，是我設想不周。」蝦子邊說邊將右手往前伸，接著用眼神示意其他人把手疊上來。

「預備，一二三——」疊上手後，眾人心領神會地齊喊：「Fire Forever！永遠的Fire Forever！」

喊完口號後他們便繼續練習，直到黃昏時分才解散。

「楚瓚熙！」楚瓚熙剛揹起包包正準備離開，宋云圭竟罕見地叫住她。

「幹麼？」楚瓚熙以為宋云圭是來找碴的，所以回答的口氣並不是很友善。

「沒什麼，」宋云圭往前走了兩步，故意背對楚瓚熙，不讓她看見自己的表情。「就是想跟妳說……詞寫得還不錯。」

哇塞！楚瓚熙覺得一定是天要下紅雨了，否則宋云圭怎麼會誇獎她？

「真的嗎？」她踩著雀躍的步伐，三步併作兩步地朝他走過去，也意外捕捉到宋云圭臉上那絲稍縱即逝的笑意。

「咳咳，」宋云圭尷尬地清了清喉嚨，試圖扳回自己的氣勢，頗有做錯事被人揭穿的窘樣。「不過妳也別高興得太早，以後Fire Forever的每首詞都是妳的工作。我這人很嚴格，跟他們可不一樣，妳得做好狂修猛改的心理準備。」

「你們才該做好心理準備！」楚瓚熙不甘示弱地回敬，「作詞跟作曲是一樣的，平起平坐沒有大小之分；要是你們寫的曲搭不了我的詞，我也會要你們配合修正。而且我也很嚴格，你們也要做好隨時修改的心理準備！」

宋云圭驚訝地揚了揚眉；這個平時好像有點懼怕自己的人，今天居然敢出言頂撞。有點意思，宋云圭不禁仔細端詳楚瓚熙。

雖然同班了好一陣子，但他們真正有互動卻是前些日子才開始的。

回想起一開始是為了要完成朴炎彬的遺願——起初他真的以為楚瓚熙是幫媒體工作的臥底，不然也不會一直提到剛去世不久的朴炎彬。直到後來真的被朴炎彬借身，他才真的確信楚瓚熙不是別有用心。

那段日子他其實是有感知的，只是像睡了一覺那般曖昧朦朧。除此之外，宋云圭也了解道到，楚瓚熙並不如外界傳言中唱不好歌，她只是比較沒自信、容易害怕自己做不好罷了。

「幹麼？」面對宋云圭直勾勾盯著她的視線，楚瓚熙怪不自在。「我、我臉上有東西嗎？」

「沒有，但妳的頭髮很亂。」說罷，宋云圭作賊心虛地抬手撥亂了楚瓚熙的髮絲，而後也沒再多說些什麼，逕自轉身，快步往前走，任由後方的楚瓚熙邊追邊罵。

其實也不是什麼大事，只是他內心莫名浮現了一股緊張。方才，他腦海裡隱約浮現朴炎彬跟他借身的最後一日，和楚瓚熙的夜景之行；在那天的最後，暖色路燈下照映著楚瓚熙的笑容。

那笑顏竟是如此清晰、耀眼。

☆　☆　☆

「這陣子讓大家擔心了，以後我會更認真地過生活，請大家放心。關於前陣子我住院的原因，請原諒我不能多做說明，只能說我真的很感謝朴炎彬，他的好我會一直記得。藉著這次記者會，同時我也想和住院期間偶然認識的兩位朋友——楚小姐還有宋先生道謝，在我狀況最不好的時候，是他們拉了我一把，如果沒有他們，我現在就不能好好坐在這邊，所以真的非常感謝。」

「看來蜜兒好像真的康復了，」望著電視裡播放的新聞畫面，楚瓚熙開心地跟朴炎彬說：「臉上氣色好了很多，臉上的笑容感覺也是發自內心，而且她居然知道我的名字耶！她剛剛說了她想跟楚小姐道謝！她想跟楚小姐道謝耶！」

「聽到了聽到了啦，而且人家她又不只說要跟妳道謝，她要謝的還有我跟阿圭，妳少一個人在那邊沾沾自喜啊。」朴炎彬伸出手，手上不知何時掛上了一串繫著鈴鐺的手鍊。

「咦？」連朴炎彬自己也不解，「這不是我去年送給蜜兒的情人節手鍊嗎？怎麼突然出現在我手上？」

望著朴炎彬掛著鍊子的手，楚瓚熙也滿腹疑問，正準備發問，卻被陣陣敲門聲打斷。

「唉呦楚同學！我終於找到妳啦。這包裹前幾天就送來了，只是我都遇不到妳，幸好妳今天妳在房間，不然我明天就要跟我兒子出去玩一週，如果妳又急著要的話就麻煩了。」

方一開門，房東太太就遞給她一個正方形的包裹，楚瓚熙茫然地接過。她最近明明沒有網購，家裡也沒說要寄什麼東西來，不知道這是什麼？又是誰寄的呢？本來她要問房東太太的，但想必房東太太也只是代為簽收而已。楚瓚熙捧著盒子，迫不急待地拆開。

「哇，好漂亮的項鍊……還有一封信？」

小心翼翼地將包裹拆封，映入眼簾的是一條精巧別緻的項鍊，項鍊下方還壓著一個西式信封袋。

「是蜜兒，」朴炎彬激動道：「這項鍊跟我手上這條是一對的，一定是她寄來的！」

朴炎彬猜對了，信上最後的落款正娟秀寫著「蜜兒」二字，信中的內容則是蜜兒託楚瓚熙轉告給朴炎彬的。

炎彬，你好嗎？送醫院的那天我好像有感覺到你，當時你就在我身邊對吧？我從來就沒有生過你的氣，我恨的是不爭氣的自己，還有公司的禁愛令。跟你分開後我老是會想，要是自己能跟你一樣有名那就好了，至少我們的戀情大家或許會比較樂見其成，而大概公司也會睜一隻眼閉一隻眼吧！更不用擔心會被說是誰攀附誰、誰想利用誰炒新聞，就只是簡簡單單地像平常人一樣相愛。

那天楚小姐告訴我，如果我有個什麼萬一，你一定會自責無比。一如我記憶中的你，像個小太陽燃燒自己、照亮身邊朋友的你。

我知道這樣或許不太禮貌，但我把去年情人節你買的、屬於我的那條手鍊燒給你，不知道你在那邊有沒有收到呢？畢竟睹物思人的感覺實在太難受了。屬於你的那條項鍊就轉贈給楚小姐吧，也當作是你留給粉絲的一點念想。

在昏迷的時候似乎依稀有聽見你說珍重再見，現在就輪到我跟你告別了。放心吧，我一定會好好的。

看完信，楚瓚熙不禁紅了眼眶；透過信紙，她彷彿也能對蜜兒的不捨感同身受。一旁的朴炎彬望著手上的鍊條，以及蜜兒的信，悄悄背過身去擦拭眼淚。

「你們一定很喜歡彼此吧？」楚瓚熙問，聲音顫抖哽咽。

「嗯，」朴炎彬肯定的答道：「跟蜜兒在一起的這一年，真的很快樂。」

楚瓚熙努力忍住的淚眼冷不防潰堤，當時在醫院，她只想著要趕緊安撫蜜兒，讓她不會再做出極端的行為，對於兩人之前人鬼殊途的感情並沒有多餘想法；但現在看到這封信，一陣強烈的酸澀敢盤旋在楚瓚熙的心裡，更萌生了一種無以名狀的情緒。

「我不管，」楚瓚熙呢喃，本來打算將項鍊一併燒給朴炎彬，卻瞬間改變心意直接戴上。「既然給我了，那就是我的了。」她輕聲道。

「朴炎彬，」抹乾眼淚，她站起身來，與朴炎彬四目相對。「放心吧，未來的日子，不論喜怒哀樂，我都奉陪。」

反正她豁出去了，也不管相處的日子何時會走到盡頭，現在的她只想好好把握現在，把握能和朴炎彬相處的每分每秒。

而楚瓚熙也總算明白，自己對朴炎彬的情感或許早就不只是單純對偶像的欣賞與景仰，而是昇華成了男女之間的愛慕。

就像平凡人對愛情的嚮往與憧憬。

Chapter 6

雷電及隕石

The Eternal Flame of Fire Forever

「真的是冤家路窄耶，楚瓚熙妳怎麼會在這裡？而且怎麼敢在這裡？妳是嫌秋季盃那次笑話鬧得不夠大嗎？還是上次校慶歌唱大會初選看錯日子不夠烏龍？」

「對啊對啊，怎麼有這麼厚臉皮的人啊？識相點就趕緊走吧！」

「趕快走吧！這個比賽也不會有妳得獎的份！」

朴炎彬生日紀念歌唱大賽初賽這天，楚瓚熙與《Fire Forever》的團員才剛進場就碰上了翁茜茜的隊伍，周遭的溫度瞬間降到最冰點，原本熱血沸騰的心情也隨之冷卻。

「妳們是誰啊？什麼走不走、得不得獎的，你們是主辦單位還是評審嗎？禮貌被狗吃了？」

「對啊，別以為妳們是女的我就會手下留情！」

「怎麼都成年了還這麼沒禮貌？」

明眼人都看得出這些不速之客是衝著楚瓚熙而來，既然想攻擊他們的主唱，那麼其他人也沒道理坐視不管。本來走在後頭的小虎、金毛和蝦子，以及飄在空中的朴炎彬都紛紛挺身而出，將楚瓚熙團團包圍，護在眾人身後。

「是嗎？」翁茜茜繼續挑釁道：「那就來吧，不管是比賽唱歌還是什麼其他的，反正我贏定了！」

「贏不贏也不是妳說的算吧？有自信是好事，但我勸妳話別說得太滿，免得像上次校慶那樣，臉就丟大了。」翁茜茜身旁的爪牙還想開口助陣，以團長的身分去櫃檯簽到的宋云圭總算歸隊，更不忘發揮他毒舌的本事，把翁茜茜一行人數落得無言以對，對方只得摸摸鼻子，悻悻然地離去。

「幸虧你回來了，否則那些人再繼續吵，我的鼓棒就真的會受不了。」

「對啊，他們是誰啊？怎麼這麼沒禮貌！瓚熙姐妳還好嗎？」

「瓚熙，妳常常被這樣欺負嗎？怎麼不跟我們說？如果需要幫忙的話，千萬別客氣啊！」

「哎呀，沒事啦！」面對大夥兒的關心，楚瓚熙很是感激，可卻也不想把事情鬧大，只用三兩句含混過去，然後要大家把心力放回比賽，畢竟要挫對方銳氣的最好辦法就是在比賽中打敗他們。

大家都覺得楚瓚熙說得很有道理，於是便將剛剛的突發事件拋諸腦後，趕忙拎起樂器和工具，動身前往準備區。

殿後的楚瓚熙正打算背起她的麥克風及支架，可宋云圭卻搶先一個箭步，替她將工具扛到了自己身上。

「笨手笨腳的，我看還是我來吧。今天是正式比賽，要是妳不小心把工具弄壞了，我看朴炎彬在天之靈不會原諒妳的。」

「你胡說！今天這麼重要的場合，我當然會繃緊神經，麥克風架的螺絲我都換過了，弄掉麥克風的烏龍也絕對不會再發生。更何況如果真的發生了什麼意外，你又知道朴炎彬不會原諒我了？你明明就看不到他。」聞言，宋云圭輕輕地笑了一下，他是看不到朴炎彬沒錯，而且也不知道究竟朴炎彬會不會因此而生楚瓚熙的氣。只是在楚瓚熙換了麥克風架上的螺絲後，為了保險起見，他還是自掏腰包重新買了一根更穩固扎實的支架，自然也比舊的沉重許多，宋云圭只是擔心楚瓚熙拿不動。

「還愣著做什麼？妳是要等比賽結束了再進場嗎？」宋云圭往前走了幾步，卻發現楚瓚熙竟然沒有跟上，便側過頭喊她。

現下他突然驚覺，自己除了怕楚瓚熙拿不動新支架外，居然還怕她會跟丟。

只是擔心隊友罷了。宋云圭固執地想。

待進場就定位後，各組人馬在主持人的叫號下依序上臺演唱，每組只有短短半首歌的時間，所以各參賽者紛紛在這短短的時間裡使出渾身解數，拿出自己最精湛、最亮眼的表現，並戰戰兢兢地祈禱評審們可以手下留情。

這場嚴峻的廝殺大戰來到尾聲，說是冤家路窄也不為過，Fire Forever是壓軸，而翁茜茜那組居然就在他們之前，排倒數第二。

他們本不以為意，畢竟比賽順序不代表一切，也自信地認為〈編號六號〉的詞曲本身已經為他們爭取了一些贏面，更不用說這兩個月裡大夥們都勤奮地練習，待會兒只要別輸給緊張，要通過初賽那絕對勢在必行。即便翁茜茜真的有什麼過人之處，最慘也不過是打成平手，大不了等決賽再一決勝負。

然而，耳邊傳來的熟悉旋律卻令Fire Forever的眾人錯愕不已。

「什、什麼情況？」面對這詭譎的情況，小虎率先開口，「這、這怎麼會這樣……」

沒錯，任誰也想不到，他們辛苦創作，而且擁有朴炎彬一半心血的〈編號六號〉，居然被翁茜茜的隊伍整個挪用，除了歌詞和歌名有重新填寫，旋律的部分完全一模一樣。楚瓚熙等人除了震驚之外，更多的是憤怒，金毛甚至差點要衝到舞臺上跟對方對峙，是宋云圭和蝦子奮力攔著才沒釀成大禍。

楚瓚熙看向身旁的朴炎彬，既緊張又焦急，「怎麼辦？」

看著眼前意料之外的一切，朴炎彬亦是一頭霧水；他也不明白，這首對於自己、對於Fire Forever來說萬般重要的作品，怎麼一夕之間竟成了敵營的大作？而且對方還用這首偷來的作品通過了初賽，簡直豈有此理！

宋云圭深知焦慮和憤怒無法解決任何問題，他立即回過神來，呼喚錯愕中的大家：「你們冷靜！現在最重要的是我們無論如何都要好好唱下去！」

「但我們的歌被他們抄走了，這樣還能再唱嗎？」蝦子問：「我們排在人家後面就是比較吃虧，何況我們也只是個小小的地下樂團，如果我們照唱〈編號六號〉，然後說這首歌的原創者是我們，別人怎麼可能會相信？」

「對啊對啊，」小虎附和：「反正Fire Forever又不只〈編號六號〉好聽，我們唱別首也一定可以晉級，為今之計就是先換唱別首，等進入決賽後再想辦法平反吧！」

金毛也贊同：「我不知道怎麼說啦，但反正我覺得你們說得有道理，就先晉級了再說。」

「這……」團員們的話讓原本想維持原計畫演唱〈編號六號〉的宋云圭也動搖了。雖然他不認為對方先唱就可以先贏，但其他人都這麼表態了，如果他仍堅持一意孤行，會不會造成反效果？

「楚瓚熙，妳說呢？」於是宋云圭把問題拋給楚瓚熙，除了問她的意見，主要也是想徵求朴炎彬的意思，「要唱〈編號六號〉嗎？還是換其他首？」

猛地，楚瓚熙從震驚中回神，趕緊向身旁的朴炎彬求救，可一旁的朴炎彬卻這當口失去了蹤影，楚瓚熙心亂如麻。另一邊，工作人員急急趕著叫Fire Forever上臺準備，一干人手忙腳亂地在幕後就定位。

「宋云圭，你身為團長就趕快做決定吧，都要上台了，到底要繼續唱〈編號六號〉還是換其他首啊？」

在如此關頭，宋云圭無暇多做考慮，只好聽從大家的意見，選擇先唱其他歌，〈編號六號〉的事就等初賽過後再找機會解決。

殊不知，由於最後這兩個月以來大家都在勤奮練習〈編曲六號〉，對其他曲目都有些生疏，更加之當下憤怒、茫然、慌張的情緒，以至於每個人的表現都出現了紕漏。更慘的是，當第二段金毛敲錯拍子後，其他人也跟著亂了陣腳，唯獨宋云圭還在努力救場。

只是單單宋云圭一人實在勢單力薄，雖然中間一度稍微挽救回來，但最後仍舊是慘不忍睹。在楚瓚熙撐完前兩段之後，過門段隨之而來的高音讓她分了心，導致後面的歌詞全部亂掉；緊張又害怕的楚瓚熙只能胡亂拼湊，最後評審們終於忍無可忍，紛紛按下桌上那表示淘汰的鈴聲。

頓時，音樂停、歌聲止，眾人垂頭喪氣地拎著樂器走下台，迎面而來的除了失敗的低氣壓和冷空氣外，還有翁茜茜等人刺耳的譏笑。

「妳怎麼會有那首歌的譜？」楚瓚熙衝上前，緊緊地握住翁茜茜的肩膀，激動地問：「你們剛剛唱的那首歌分明就是我們的！你們怎麼會有那首曲子？而且還改了我的詞！」

翁茜茜先是不屑地哼了聲，將楚瓚熙的手打掉，隨後露出一副理所當然的表情道：「這首歌是我們自己寫的，才不是你們的咧。而且那個什麼fire for……什麼的樂團，歌也沒有多好聽，我幹麼沒事去用你們的音樂？認輸吧，楚瓚熙，就是你們自己爛，少在那裡怪東怪西；而且如果這是你們樂團的歌，那剛剛也是你們自己放棄不唱的，現在才來責怪我們會不會太可笑了一點？」

「妳到底在說什麼?!」楚瓚熙不滿地又要上前和翁茜茜據理力爭，但後頭的宋云圭卻一把將她拉住。

「算了，」宋云圭說：「走吧，跟這種人說再多都是多餘。而且她說得對，是我們自己不唱的，怪不了誰。」而後就領著Fire Forever的眾人離開比賽會場。

眾人離開會場，周身依舊被低氣壓壟罩，後悔、氣憤、難過的複雜情緒相互交雜，他們如啞巴吃黃蓮般有苦說不出。

沉默了好一陣子後，蝦子對著金毛指責：「都嘛你啦！沒事敲錯拍子幹麼？今天臨時換的這首也是之前常練的，為什麼？到底為什麼還是弄錯?!是笨蛋嗎？」

聞言，金毛直接爆炸，立時揪起蝦子的衣領一陣咆哮，然後說：「剛剛要不是你說什麼我們比人家後唱就是吃虧，怕會被說是我們抄襲他們，所以要換首歌唱的！啊現在咧？你自己看！如果我們剛剛不要換歌，一樣唱〈編號六號〉就不會變成這樣了！別只都怪我！你也有份啦！」

蝦子一時語塞，隨即拖小虎和楚瓚熙下水，「剛剛你們不也贊同嗎？怎麼就沒人反對我，堅持說要唱〈編號六號〉？而且剛剛明明曲子都被你們彈亂了，歌也被楚瓚熙妳唱壞，如果你們都能再熟練一點，現在也不至於這樣吧?!」

「明明彈錯你也有份！別說的好像都我們的錯好嗎?!」

「你！……」

「夠了！」本來一直保持沉默的宋云圭終於出聲了，「我們是一個群體，一榮俱榮，一損具損，都多少年了你們還弄不明白嗎？輸了就是輸了，沒必要再追究到底是誰的錯；我們根本沒做錯任何事，錯的是盜用我們譜的人！」

「那怎麼辦？」小虎淚眼汪汪，「還是好不甘心，那是我們的作品耶，難道就要這樣拱手讓人嗎？」

「會有其他辦法的，」宋云圭安慰，「但我們現在只能等待，實力與能力會說話，總有一天他們一定會露出馬腳，而等待的這段時間，我們要好好練習，讓自己的實力越來越強。」

宋云圭言之有理，眾人決定暫時就先遵從他的做法，畢竟眼下並沒有證據可以證明這首歌的原創者是Fire Forever，目前也只能靜候時機。

「走吧，他們都回去了。」在他們都解散後，宋云圭想送楚瓚熙回去卻被拒絕。

「我自己回去吧。」雖然方才楚瓚熙沒說什麼，但心裡其實很自責。她知道今天會失敗，自己必須負起一半的責任，「對不起，是我沒把歌詞記好，是我把比賽搞砸了。」

「這不全是妳的錯……」看著楚瓚熙如此自責的模樣，宋云圭莫名心疼，態度和語氣也不知不覺便得和緩、溫柔，「我們以後肯定還會做出更多更好的音樂，妳不需要道歉。而且如果要說責任，那我這個決定換曲目的團長要負的責任就更重了；也是我的疏忽，沒考慮到大家這段時間疏於練習其他歌，抱歉。」

「沒事啦，」楚瓚熙親耳聽到宋云圭跟自己道歉，臉上難掩驚訝的神色。沒想到平時老和她針鋒相對的宋云圭居然也會有這麼溫柔的一天，想必內心應該也對此十分難受吧……思及此，楚瓚熙也趕緊出聲安慰：「你這位繼任的團長也很難為吧，要召集大家、安排練團的事，還必須在緊要關頭做出決定，萬一下錯決策還要被人怪罪，你肯定比我們誰都更不希望發生這種事。所以你也沒有錯；就像你說的，錯的是翁茜茜他們，真的太可惡了！」宋云圭沒有再多說什麼，只是微微點了點頭。

楚瓚熙原本依舊拒絕讓宋云圭送自己回去，但她左顧右盼了好一會兒都找不到朴炎彬，加上天色漸漸昏暗，楚瓚熙也只好妥協讓宋云圭難得紳士一下。回到房間簡單地吃過晚飯後，楚瓚熙手機的通訊軟體響不停，點開看後原來是Fire Forever的幾個大男孩正相互道歉的訊息：

房仲業務組長——蝦子：對不起啦，剛剛是我太衝動了，是我一開始在聽到翁茜茜他們唱我們的〈編號六號〉時太緊張了才會要你們趕快挑別首，然後比賽失敗了出會場後我也不是故意的，就是太後悔、太憤怒了才會說出那些傷人的話，對不起，今後我會努力和大家做出更多更好聽的音樂！

我就愛打鼓啦怎樣：歹勢啦，我也有錯，蝦子剛剛我把你嚇到了齁，啊我就齁太久沒練這首替換的歌了啦，如果我沒敲錯拍子今天我們也一定不會被淘汰啦，不過沒關係啦，只要我們Fire Forever一條心，不用怕會沒有好作品！

小虎：沒關係啦金毛哥、蝦子哥，大家一團和氣，齊心協力再重新出發就好，不用怕，反正我們Fire Forever的創始者可是紅透半邊天的實力派歌手朴炎彬呢！云圭哥、瓚熙姐你們說是不是啊？

宋云圭：嗯。

瓚熙：對啊，沒錯，而我也會多多訓練自己寫歌背詞的能力，希望以後的每次，不管是活動也好、比賽也好，都能不讓你們失望，然後也希望你們可以少吵一點架，比起雞飛狗跳、火冒三丈的Fire Forever，我更嚮往這樣心平氣和的。

房仲業務組長——蝦子：聽到沒，金毛人家說的就是你啦，動不動就要拿鼓棒跟人家幹架，火氣別那麼大。

我就愛打鼓啦怎樣：才不是我嘞，楚瓚熙說的明明就是你，你才別動不動就說一些有的沒的惹人上火，我下次就真的不手下留情了我警告你！

房仲業務組長——蝦子：好啊！來啊！誰怕誰！

我就愛打鼓啦怎樣：好啊！是你自己說的喔！

小虎：好了啦，瓚熙姐才剛說完而已怎麼你們又開始了，心平氣和的好嗎！

看著上頭的對話，以及後來蝦子、金毛傳來的道歉貼圖後，楚瓚熙露出了欣慰的笑容，瞬間覺得比賽落敗所帶來的也不全是負面影響，看著Fire Forever的大夥兒相互諒解，也不禁為能夠加入Fire Forever而感到榮幸，況且這還是她鍾愛的人所創立的樂團，能和團員們一起歷練、激盪出更多火花，往後的日子想必會更多姿多彩吧。

思及此，她嘴角的弧度愈發上揚，對往後和Fire Forever共度的時光也更加期待了。

但是朴炎彬呢？楚瓚熙放下手機，起身四處張望沒看見他的「鬼影」，又把頭探出門外左顧右盼，卻仍不見朴炎彬，雖然他的確有自由決定要去什麼地方遊蕩的權利，但過了這麼久都還沒回來，楚瓚熙也不禁有些擔心。

「到底跑哪去了啦……」她邊碎唸邊把門關上，與此同時，牆上的門鈴卻響了起來。

楚瓚熙立刻又將門推開，還沒看清來者何人，就瞬間落入了一個溫暖的懷抱，圍繞在周身的味道令她覺得似曾相識，但同時又帶著一點陌生。

她的理智告訴自己應該要推開對方，但經歷一天的奮戰，此時的擁抱彷彿一股暖流注入她的心間，給予她最溫柔的慰藉。內心天人交戰了一會兒，楚瓚熙還是拉開了與對方的距離。但當她抬頭一望，驚訝之情溢於言表，「宋、宋云圭？你……你怎麼……怎麼是你？」

但宋云圭卻搖了搖頭，「不是喔，妳看清楚一點。」

「什麼……」

「給妳一個提示好了，」眼前的宋云圭舉起手甩了甩，手腕間空無一物，但卻發出了清亮的鈴鐺聲響，「咳，瓚熙，我要喝珍奶，今天因為輸了比賽，太難過了，所以我要喝兩杯！」

「朴炎彬?!」楚瓚熙又驚又喜，彷彿失而復得般，又更加用力地抱住朴炎彬。「你是跑哪去了啦！知不知道我很擔心你啊?!而且你怎麼又跑去附宋云圭的身了？」

像是要抓住這得來不易的溫暖，朴炎彬也忍不住加重了自己圈住楚瓚熙的力道，甚至頷首，將額頭貼在楚瓚熙肩上。「因為我想完成我們瓚熙的請求啊，校慶歌唱大會被翁茜茜擺了一道的那次，妳不是說很希望有人可以在妳難過的時候給妳一個擁抱嗎？我很想給妳啊，但我們也都嘗試過了，妳撲了個空，而我連妳的頭髮都搆不到，所以只能再麻煩阿圭來幫我這個忙了。妳應該不會介意吧？反正好歹我這兄弟也是你們的系草，妳也不吃虧呢。」

楚瓚熙被朴炎彬的話逗得失笑，頓時也覺得心頭一暖，原來他記得自己說過的話。「怪不得我一直找不到你，原來是找宋云圭附身去了。」

「嗯。」朴炎彬的面上閃過一絲難言之隱，可還是點了點頭，並叫楚瓚熙不要氣餒。「反正明天太陽一樣會升起，好好睡覺、好好休息，然後等待轉機。」

「什麼轉機？」楚瓚熙不太明白朴炎彬的意思。

「會有的。」朴炎彬話鋒一轉，說：「這個世界一定捨不得辜負努力的人，所以自信地唱出來吧，妳的歌聲絕對能打動所有人。」

對於朴炎彬的安慰，楚瓚熙其實不大相信，但她沒有出聲反駁，只是將臉埋進了朴炎彬的胸膛，並輕輕點了點頭。

過了好一會兒，楚瓚熙才依依不捨地離開朴炎彬的懷抱。宿舍的門禁時間快到了，他們再不放宋云圭回去，他就真的得在這裡過夜了。

「有什麼關係嗎？」朴炎彬困惑，「反正我一整晚都會在他的身體裡啊。就還像平時那樣，妳睡妳的，我睡我的。」

這哪能一樣？楚瓚熙在心裡咕噥，沒敢直接說出口，畢竟現在朴炎彬對她而言已不是高高在上的偶像，平時犯個花痴不需要負責的狀態，而是她付出真心喜歡的對象，所以緊張難免、害羞難免，會忍不住有些什麼小期待也難免，這是要楚瓚熙怎麼安心睡覺啊?!

「妳不睡那我要先睡囉。」沒等楚瓚熙點頭，朴炎彬就逕自走進房裡。他外套一脫，就一溜煙地鑽進楚瓚熙的被窩裡。「附身很累，我超睏的。先睡了，晚安。」

「欸……」好吧，木已成舟，楚瓚熙也只能收起她的小心思，熄燈後在朴炎彬身側躺平。

也不知道是這一天發生了太多勞心傷神的事情，還是因為身旁躺了個令人心安的朴炎彬，楚瓚熙剛躺下沒多久，便沉沉進入夢鄉。

而方才還直嚷著「好累喔」的朴炎彬卻反而輾轉難眠。當楚瓚熙在自己身邊躺下時，他胸口劇烈跳動，心臟彷彿要從喉嚨裡蹦出來似的。朴炎彬對這種感覺並不陌生——這和他第一眼見到蜜兒時的反應如出一轍——朴炎彬瞬時一陣心亂如麻。

意識到這點，他立刻背過身去，完全不敢面對楚瓚熙；但待身後人的呼吸聲越發平緩，他忍不住側過身去，靜靜地看著楚瓚熙的睡顏；不知是累過頭了，還是因為睡得十分安穩，楚瓚熙嘴巴微張，脣角微微一抹晶亮。朴炎彬看著她毫無防備的模樣，無聲地失笑。

只是他心知肚明，自己能在陽間逗留的時日已為數不多，所以他們之間不可能、也不可以，但心頭卻仍然有股難以克制的悸動。

下午比賽前，他被鬼差緊急召見，沒辦法陪Fire Forever度過最艱難的時刻；當他的魂魄一回到陽間，就看見楚瓚熙因受打擊而垮下的臉龐，他的整顆心被緊緊揪住。而屋漏偏逢連夜雨，鬼差轉告他，閻羅王那邊已經等得有些不耐煩了，所以將他的時間縮短，現在只剩半年多可以待在陽間完成想做的事，要他好好把握機會。失措慌張之下，他唯一能想到的方法就是再次跟宋云圭借身。

雖然知道自己遲早都必須離開，但現下他真的無法跟楚瓚熙開口，告訴她自己只剩半年多的時間。更遑論自己居然在這個關頭對楚瓚熙動心，這莫不是老天爺想要整死他的節奏吧？

思緒游離間，楚瓚熙猛地一翻身，整張臉面向朴炎彬。一邊臉頰因為擠壓微微鼓起，像隻貪吃的小倉鼠般可愛討喜。朴炎彬眼光一柔，立刻繳械投降，毫不猶豫地朝楚瓚熙湊了過去。

就淪陷吧，朴炎彬想著。反正不管再怎麼逃避，喜歡一個人是沒辦法說謊的。

於是他伸出手，再次將楚瓚熙擁入懷中；並暗自下定決心，要在他有限的時間內好好守護她。

Chapter 7

楚瓚熙星

The Eternal Flame
of Fire Forever

經過一番討論，Fire Forever決定要像其他樂團或網路歌手那樣，把翻唱的cover影片，還有他們錄好音、製作完陽春ＭＶ的原創歌曲，通通上傳最大的網路影音平台，除了記錄作品、增加曝光率，更重要的是可以累積人氣。

只是讓眾人萬萬沒想到，翁茜茜不光竊取〈編號六號〉的樂譜，居然還緊跟在後，也隨即在影音平台上開立樂團頻道，並將從他們那裡偷來的〈編號六號〉取名叫〈茜茜〉，讓Fire Forever等人又氣又傻眼。

「搞什麼！是還有完沒完啊?!」看完翁茜茜他們的〈茜茜〉後，金毛第一個發火，直氣得用力拍桌，還差點要拿起旁邊的小凳子砸電腦。

「冷靜冷靜。」蝦子安撫，「現下生氣也於事無補，重要的是趕快想辦法證明他們這首〈茜茜〉其實是我們的，只是被他們偷走了。」

「沒有辦法，」小虎哀聲嘆氣地搖搖頭，「我昨天在這支影片下面留言，說這首歌是抄來的作品，但他們的粉絲太恐怖，直接在下面大罵我是見不得別人好、羨慕忌妒，故意來鬧場的，最後還封鎖檢舉我，實在是太可惡了！」

「蛤？」楚瓚熙嘆了嘆，「難道就沒有別的辦法了嗎？」然後抬頭望了一眼朴炎彬，「難道這首珍貴的〈編號六號〉就要這樣拱手讓人了嗎？」

朴炎彬也是好一陣無奈，「沒關係，如果真有什麼萬一，我相信憑我們的實力，一定會再創造出比〈編號六號〉更好的作品，別氣餒，沒關係。」

「可是……」楚瓚熙難掩失落地頓了頓，「那是你在Fire Forever裡創作的最後一個作品，如果就這樣讓給他們那種人，實在是……，總之我嚥不下這口氣。」

「會有辦法的，」討論無果後，宋云圭出聲了。而他的這一句話彷彿是劑強心針般，又給了大家力量。「給我一些時間，我一定不會把我們的心血拱手讓人，這是我們Fire Forever的東西，誰也偷不走。」

「對！」蝦子附和。「我們一起想辦法，我就不相信偷東西會沒有破綻，而且還能偷得這麼理直氣壯！」

金毛和小虎也點頭，「沒錯！是我們Fire Forever的東西，就一定是我們的，誰也拿不走！」

接著他們開始分工合作，找尋能證明〈編號六號〉是屬於Fire Forever的證據，同時也回頭檢查，當時有什麼破綻，才讓翁茜茜等人趁虛而入、盜走歌曲。

他們努力了將近一個星期的時間，起初根本毫無進展，什麼蛛絲馬跡都沒找到。但皇天不負苦心人，在他們快要放棄的當口，宋云圭突然豁然開朗，想起了在初賽前，自己曾在學校的圖書館把樂譜掃描成電子檔，除了寄給主辦單位參考以外，也順便存進了隨身碟裡。

「他們該不會就是在那個時候動手腳的吧？」聽完宋云圭的敘述，楚瓚熙立刻反應過來。

「那還等什麼？」朴炎彬催促：「趕快去圖書館調監視器，看看樂譜是不是在那個時候被盜用了！而且剛剛阿圭說他也有掃描一份寄給主辦單位，那就看看翁茜茜他們寄的樂譜是不是跟我們一模一樣，如果不是，應該就可以證明〈編號六號〉確實是屬於我們的。」

楚瓚熙覺得朴炎彬說得很有道理，立刻轉頭對宋云圭據實以告。Fire Forever 一行人用最快的速度來到圖書館，苦苦哀求管理員後，館方終於同意讓他們調閱當天的監視器畫面。

果然，宋云圭前腳才剛離開，翁茜茜身邊的黨羽後腳就跟著跑進來，而且對方居然還是電腦方面的高手，把宋云圭殺得一乾二淨的樂譜檔案，從硬碟深處拯救出來，二話不說就占為己有。

「可惡！」畫面中那人動作流暢的地將檔案復原印出，楚瓚熙和朴炎彬忍不住咒罵。翁茜茜等人為了贏得比賽，還真是無所不用其極。

還是宋云圭更實際一些，他在爭取館方同意後，便立刻將監視器畫面備份、寄給主辦單位，並說明當時翁茜茜等人演出的那首曲子，其實是偷來的「贓物」，並非他們自己的創作。

「他們應該會看到吧？」寄出信件後，宋云圭側頭問楚瓚熙，也是在問朴炎彬。

「會。」朴炎彬說：「公司的公關部就是負責收信的，不一定每天開信箱，但每週至少會檢查個一、兩次。」

「那就好，」楚瓚熙說：「希望〈編號六號〉可以順利被我們拿回來。」

☆　☆　☆

然而事情的發展並沒有他們所想的這麼順利。大約過了兩週後，宋云圭才總算收到主辦單位的回信，但對方卻表示，畫面中並沒有明確拍攝到樂譜檔案的內容，所以根本無法證明翁茜茜團隊盜用了Fire Forever的作品。無緣晉級雖然很可惜，但往後他們還是會繼續舉辦歌唱比賽，也歡迎他們下次帶來更好的作品。

看完回信，Fire Forever眾人原本充滿盼望的臉紛紛垮了下來；縱然朴炎彬心中萬般不服氣，但也深知對方言之有理，只憑這種模糊的監視器畫面，根本證明不了什麼。

但朴炎彬也明白，面對這樣的事，公司一定相當為難。所以他能做的也只有鼓勵自己、鼓勵楚瓚熙，並要她告訴其他團員們振作，把希望寄託在經營網路頻道上，讓Fire Forever變得更強大。

「也只能這樣了啊，」坐在練團室的沙發上，蝦子備感無力地往後仰，「算翁茜茜他們走運，我們只能自認倒楣了。」

「就是說啊，」小虎也失落，「不然還能怎麼辦？但至少已經知道我們的〈編號六號〉確實就是他們偷的，下次小心一點就是了。」

「可惡，」金毛低咒了聲，「就不要被我遇到，不然我絕對要他們好看！」

「好了啦，」楚瓚熙從電腦桌前站起身重振士氣，「事情已經這樣了，我們罵再多也於事無補，不如好好想想下一首歌的曲子跟風格，而且網路頻道也還在等我們經營，總得繼續往前走才行。」

而後大夥兒聽了楚瓚熙的話，紛紛重新打起精神，又繼續花了快兩個小時討論新歌。

之後他們又陸續創作了好幾首曲子，也會在創作的空檔或是沒靈感的時候翻唱朴炎彬的歌；經過將近三、四個月的努力，Fire Forever現在在網路上已是小有名氣，其中又以楚瓚熙這位主唱最為人所熟知，如此出乎意料的結果也令楚瓚熙大吃一驚。

她一直都知道Fire Forever一定會大紅大紫，畢竟他們每個團員都有各自的魅力，更不用說每一首歌都是他們嘔心瀝血的上乘之作，而且還有朴炎彬這位前偶像歌手在一旁悉心指導，想要在網路平台闖出一片天只是遲早的問題。只是她沒想到，自己居然會是Fire Forever中的亮點；更意外的是，當初在秋季盃上被評審詬病、她自己也最自卑的句尾顫音，竟然反而成為了網友們給予好評的關鍵。

大家都說那微微顫抖的聲音好似有魔力，令人不禁著迷，且深具個人特色，一聽就知道是出自楚瓚熙之口。

「哇，瓚熙！沒想到妳的顫音還有這種圈粉的潛力！」

「對啊對啊，這麼說起來，瓚熙姐可是Fire Forever突然竄紅的一大功臣呢！」

「真的要佩服一下啦，會寫詞又會唱歌，改天乾脆叫阿圭還小虎教妳彈吉他和作曲，沒準之後妳自己一個人就可以單飛了。」

「哈哈哈，沒有啦，」楚瓚熙被誇得有些不好意思，但是這種感覺真的很棒。「你們太誇張了，而且我有那麼沒義氣嗎？怎麼可能紅了之後就棄你們於不顧，這樣算什麼隊友啊？」

「哼，」唯有宋云圭保持一貫的毒舌，要楚瓚熙別得意忘形，「妳還是趕快想想下首歌副歌的詞怎麼修吧！還有其他人也是，有空在這裡嘰嘰喳喳，不如好好思考我們達成一萬訂閱的活動要怎麼辦，那些粉絲又不單單只是楚瓚熙一個人的粉絲，是屬於整個Fire Forever的。」

「好嘛好嘛，云圭哥你先消消氣，」小虎趕忙出來打圓場，「你說的這兩件事都還可以緩緩，現在最重要的是要怎麼慶祝我們Fire Forever達一萬訂閱吧，蝦子哥、金毛哥、瓚熙姐，你們說是不是？」

「就是說啊，」蝦子附和，順手將電腦螢幕轉過來，「而且我們不只達一萬訂閱，訂閱數還贏過翁茜茜那幫小人咧！甩他們幾百條街都還有剩。畢竟這兩個頻道是差不多時間創立的，也都是以創作和翻唱為主，所以最近有很多人把我們兩邊拿出來做比較，網友們都說翁茜茜他們沒有特色、沒有靈魂，根本就是亂唱一通，和我們完全沒有可比性。」

「你們看你們看！」小虎指著翁茜茜他們影片下方的一則留言說：「終於有人相信我的話了。現在連其他網友也在懷疑〈茜茜〉是抄襲我們的，而且他們在抄了〈編號六號〉後還抄了最近曾彥大部分的歌，把新舊專輯裡各種歌曲的旋律混在一起，還以為不會被發現；結果現在被扒出來，還死鴨子嘴硬說是致敬、取樣，有夠可笑欸！」

「太好了，」楚瓚熙欣慰地表示：「幸好總算有人聽出來了，拿回〈編號六號〉應該指日可待！」

「真的太棒了！」飄在半空看著的朴炎彬也覺得好開心，覺得此時此刻的一切實在太美好了，比自己發新專輯時更令人欣喜。

而且，他很慶幸自己能親眼見證Fire Forever有如此成就，這樣等他離開的時候，就能毫無罣礙地向這個世界道別。他最愛的朋友們帶著他最寶貝的樂團一路打拚，自己還有什麼需要掛念的呢？

「欸，高興歸高興，但你們還沒說要怎麼慶功耶！」

「那還不簡單！」蝦子豪邁地從皮夾裡掏出信用卡，「擇日不如撞日！哥今天剛好領薪水，帶你們去吃香喝辣！」

「好耶！」

「好啊！爽啦！」

「嗯，我沒意見。」

可在這一片贊成聲中，楚瓚熙卻無法同行。「不行耶，」她看了眼飄在一旁還陶醉在自己世界裡的朴炎彬，「我今天跟人有約了……」

「啊？是喔。」眾人面面相覷，最後由蝦子決定：「沒關係，改天也行，再安排一下就可以了，反正一樣都是我請！你們商量好看哪天再跟我說。」大家又稍微討論一萬訂閱的粉絲回饋活動要怎麼進行，才各自收拾東西回家；而本週負責打掃練團室的楚瓚熙也將環境收拾妥當，背起包包跟宋云圭說再見，正準備離去時，她的手腕卻突然被拉住了。

被宋云圭拉住。

「嗯？」楚瓚熙疑惑地抬頭看了看宋云圭，再低頭看了看那隻拉住自己的手；朴炎彬亦然。

「妳……」宋云圭脖頸上的喉結隨著他緊張的語氣上下滑動，「跟誰有約？」

「祕密，」楚瓚熙的語氣裡帶著一絲調皮，「不告訴你。」

似是沒想過楚瓚熙會這麼回答自己，宋云圭愣了一下才回神。

見著宋云圭沒有想鬆手的意思，楚瓚熙妥協道：「好啦，跟你兄弟、Fire Forever的創始者朴炎彬有約啦。前幾天剛達成一萬訂閱的時候，就約了今晚要一起吃大餐，他還指定要喝兩杯冰啤酒呢！其實這傢伙一直都在我身邊，只是你們看不見。」

宋云圭突然不曉得該做何回應，他放手目送楚瓚熙離去，未再多做挽留。

自從高中時的初戀被迫結束後，宋云圭已經好久沒有這樣的感覺了，有點熟悉也有點陌生，同時又有些酸澀。

他以為自己再也不會嘗到這種滋味，這幾年他甚至也盡量避免和異性互動，沒想到卻栽在了楚瓚熙身上。

總歸來說，這一切，就是失戀。

☆　☆　☆

「不夠啦不夠！瓚熙，我還要再來點鹽酥雞和脆薯，最好炸魷魚也幫我來一些，還有，有沒有珍奶，啤酒配到有點膩，想喝珍奶了啦！」

「我的媽啊，吃那麼多你是想嚇死誰啦！又不是餓死鬼投胎，也不是以後都吃不到了，而且現在沒有宋云圭的身體可以借你吃，你就負責用吸的，之後要把這些全部吃完的人是我耶，你想胖死我也不用這樣吧！」

「哎呀，不然妳等一下，我馬上去找阿圭……」

「等等！不准！朴炎彬你給我回來！」

從練團室解散後，楚瓚熙和朴炎彬順道在路上買了一大袋鹹酥雞和冰啤酒，這是他倆在Fire Forever樂團頻道訂閱破一萬當天就約定好的慶祝儀式。

兩人對此期待已久，所以剛剛才會拒絕蝦子的邀約，把團體的慶功往後延，他們想先舉行只屬於兩個人的小小慶功宴。

「為什麼不行？」朴炎彬無辜地眨眨眼，「上回我就借用阿圭的身體抱妳了，憑什麼不能再跟他借來吃鹽酥雞？」

「那那、那不一樣，」想起上回被朴炎彬抱著的感覺還留有餘溫，楚瓚熙不禁臉頰發燙，「以後別再做那種事了，不管是借來吃東西還是借來……抱我。」

「為什麼？」朴炎彬心頭一頓，以為楚瓚熙是不喜歡自己所以才這麼說。可楚瓚熙哪有這麼想，她只覺得朴炎彬大概還喜歡著蜜兒，萬一再像上次那樣抱著自己，會讓她產生不該有的期待。

摸了摸頸上那條原本屬於朴炎彬的項鍊，和朴炎彬手上原本屬於蜜兒的手鍊是一對；楚瓚熙回想起收到包裹的那天，戴上時有多堅決，現在就有多麼矛盾。

「妳幹麼？」看著楚瓚熙伸手欲將脖子上的項鍊摘掉，朴炎彬嚇得趕緊制止，「好好好，我不再加點食物、也不借阿圭的身體來吃東西，更不會用阿圭的身體來抱妳，這樣好嗎？而且我們不是在慶功嗎？幹麼搞得那麼僵啦！」

聽到朴炎彬的話後，楚瓚熙忙著摘掉項鍊的手一停，抬起頭來問他：「這是你們的定情信物，出現在我身上不會很奇怪嗎？」

「那有什麼好奇怪的？一點也不會。而且既然蜜兒送妳了，那就是屬於妳的，妳當初不是也是這麼說的嗎？」

「那你呢？」楚瓚熙繼續追問：「你是怎麼想的？」

楚瓚熙也不想這樣，但她覺得有些事既然開了頭，那就有弄清楚的必要。「是因為蜜兒說要給我，所以你也覺得給我沒關係嗎？但其實在你心裡，這依舊是代表你們感情的重要見證吧？」

朴炎彬從沒想過楚瓚熙會這麼說，他不知道該如何回答；不管是蜜兒還是楚瓚熙，他對待這兩份感情都是真心的。

儘管他知道自己現在喜歡的人是楚瓚熙，縱使他已經放下了對蜜兒的感情，但眼下的這個問題仍令他相當不知所措。

然而，正是這樣的沉默讓楚瓚熙有所誤會；她認為問題的回答顯然是傷人的，所以朴炎彬才選擇避而不答。

於是楚瓚熙默默繼續手上的動作，把頸上的項鍊摘下，然後告訴朴炎彬說：「沒關係，不是我的，我硬戴著也彆扭，改天我也把這條燒給你吧。」

「不是！我不是這個意思！」見楚瓚熙把項鍊摘掉，還說什麼要燒給自己的話，朴炎彬急了。「這項鍊已經是妳的了，妳戴好，不准燒給我！」

「為什麼不行？」楚瓚熙委屈道：「蜜兒她都能怕觸景傷情把手鍊燒給你、把項鍊寄給我，怎麼換我就不行了？」

「不是，」思考了好一會兒，朴炎彬才終於想到比較好一點的說詞：「我的意思是，妳和蜜兒是不一樣的，蜜兒對我的是愛情，而妳對我的，比起粉絲對偶像的崇拜，越來越像是友情，所以這兩者無法比較，也沒有辦法被相互取代。不管這條項鍊原本被賦予什麼樣的意義，但它現在就是屬於妳的。」

雖然有些辭不達意，這已經是朴炎彬能在短時間內想到的最好說詞了。

他不敢告訴楚瓚熙，他不要她燒還給自己，是因為他已經喜歡上她了；在兩人的朝夕相處下，他也慢慢被眼前這個有自己獨特魅力的善良女孩所吸引，自己會為了她的成功而開心，也會想在她失落無措時設法替她加油鼓勵。

但這些又能如何？他已時日無多，若是在此刻告白，那麼必定會為接下來的生活帶來許多不必要的麻煩，所以他選擇隱瞞，因為在這最後的日子裡，他只想和她好好地度過。

可是，楚瓚熙接下來的回答卻讓他打的如意算盤盡毀——

「是一樣的，我跟對你的感覺，和蜜兒對你的感覺是一樣的。我喜歡你，是愛情的那種喜歡，早就超越粉絲對偶像的欣賞與崇拜了。」

頃刻，楚瓚熙那不到五坪的小套房內空氣瞬間凝結。

朴炎彬被嚇得不輕，驚得瞪大了雙眼，滿臉不敢置信。

喜歡的人同時也喜歡自己，這是多麼可遇而不可求的好事，然而此刻的朴炎彬卻高興不起來。

他害怕自己澈底離開這個世界後，楚瓚熙會成為下個為他傷心難過的蜜兒。

「對不起瓚熙，」為了杜絕這種事情再度發生，他只好說出違心之論：「我對妳只是友情而已，如果硬要說的話，或許還多了些一起玩樂團的革命情感，以及能看見我的緣分和感謝，僅此而已。而且妳對我的喜歡說不定也只是錯覺，是粉絲的崇拜再加上朝夕相處之下的誤會罷了——」

你。」

「才不是，」朴炎彬語音未落，楚瓚熙便眼角泛淚地反駁：「朴炎彬，我是真的喜歡

再一次聽見這樣深情的告白，朴炎彬倒抽了口氣，強烈壓抑內心最深層與真切的衝動，一雙手握著拳頭緊了又鬆、鬆了又緊。「我已經死了，楚瓚熙；我，朴炎彬，已經死了，妳是不是忘了？」

朴炎彬一字一句，緩慢清晰地強調，像極了冬日裡的刺骨寒風；楚瓚熙的眼裡蓄滿滾燙的淚水，緩緩向下流淌，劃過她的雙頰。

最後朴炎彬不忍地背過身去，調整了幾次呼吸才再度對楚瓚熙開口：「早點休息，今晚的事，我會全當沒有發生過。」

Chapter 8

冒牌星

The Eternal Flame
of Fire Forever

「哇噻，真的假的啦，蝦子哥你有沒有看錯？你有沒有看錯啊！」

「沒有啦！來來來，你們自己過來看，看就知道我有沒有騙你們了，而且這種事情是要怎麼騙啦！」

「天啊，哇嗚，居然是真的！居然是真的！我們居然收到了炎彬哥經紀公司的信，說是公司內部團隊認為歌曲被剽竊一事有蹊蹺，加上他們有關注Fire Forever的頻道，認為我們的創作非常貼近炎彬哥的音樂風格，所以決定再給我們一次機會，讓Fire Forever在比賽當天以種子隊伍的身分參與複賽！哇！我是不是在作夢？金毛哥你快拿鼓棒打我一下！快！」

「嗚痛痛痛……金毛哥你還真的打！不過呢，既然會痛就表示這是真的！太棒了！是真的！」

收到消息後的團員們都高興地歡呼，差點兒把練團室的屋頂給掀了，就連平時看似高傲冷漠、事不關己的宋云圭也難得綻開笑容。

反觀獨自坐在角落裡的楚瓚熙，那失落哀傷的低氣壓獨樹一幟，與現場歡快的氛圍格格不入。

楚瓚熙彷彿想要與世隔絕一般，把自己圈進沙發裡，其他人的歡樂她完全無法感同身受，因為她腦海裡迴盪著的，仍是昨晚朴炎彬的所言所語。

尤其那句：「我已經死了，楚瓚熙；我，朴炎彬，已經死了，妳是不是忘了？」最為鮮明。

「瓚熙妳在幹麼啊？怎麼叫了那麼多聲還不回應？妳趕快過來看！」對於蝦子的叫喚，她也是慢了好幾拍才回過神。

楚瓚熙上前看完信，嘴上說著：「很好啊，太棒了。」但內心卻還是沒有絲毫愉悅。如此反常的態度，其他團員們也不禁面面相覷，不明白究竟是怎麼一回事。

「怎麼啦？」小虎接收到大家的眼神示意，片刻後出聲關心，「發生了什麼事嗎？還是瓚熙姐妳有什麼煩惱？」

「沒、沒有，」楚瓚熙強迫自己彎起嘴角，露出一抹僵硬的假笑。「能收到這樣的消息我很開心，真的！」

「那妳怎麼——」

「好了啦，」本來小虎還想繼續追根究柢，但宋云圭卻打斷他。「既然沒事，那就思考一下複賽要唱什麼。你們皮都給我繃緊一點，這次複賽可是現場轉播，有任何失誤都會很丟臉，你們這幾個容易錯拍忘詞的就給我勤練一些。」

聞言，大夥兒當即決定收心，專注地準備接下來的複賽，並討論究竟是要趁勢拿回〈編號六號〉，還是再創新歌一首。

Fire Forever終於散會，楚瓚熙本來想趕緊回到自己的租屋處，把自己關起來好好靜一靜，卻不料被宋云圭以討論歌詞的由頭留了下來。

「妳到底怎麼了？」在大家都離開後，宋云圭總算問出了心中迫切想獲得答案的問題。

雖然小虎稍早也問過同樣的事，但他知道楚瓚熙肯定不好意思在大家面前多說什麼，大概會打哈哈地蒙混過去；再加上宋云圭也有一點私心，畢竟他已經確定自己喜歡上了楚瓚熙，自然也希望能成為她傾訴心事的唯一對象。

「沒事，」楚瓚熙說：「你們大家今天幹麼一直這樣問我？就說了能收到參加複賽的消息我很開心，我很好，也很期待和你們再一起去比賽。」

「真的嗎？」早料到楚瓚熙會草率搪塞，宋云圭便單刀直入地問：「肯定跟朴炎彬有關吧？畢竟妳昨天下午離開的時候還好好的，晚上也只是去和朴炎彬開了慶功宴而已，結果今天一來就這副失魂落魄的樣子。一定是慶祝的時候發生了什麼意外吧？我說得對嗎？」

楚瓚熙沒想過自己的心事會如此輕易就被拆穿，登時愣在原地，只能沉默以對。

「不是要討論歌詞嗎？」過了半晌，楚瓚熙才又再度開口，語速極慢：「如果不是要討論歌詞的話……我有點不舒服，想先回去休息了。」

「妳……」算了，既然楚瓚熙不願意說，再繼續勉強也只會因此起爭執。於是宋云圭放棄追問，隨手把燈一關，便帶著楚瓚步出練團室。

「我送妳回去。」這不是疑問句，而是義不容辭的命令。看著楚瓚熙無精打采的樣子，宋云圭有些心疼；如果他看得見朴炎彬的話，早就衝上去揮他幾拳了。

「不用，」楚瓚熙拒絕，「我自己可以。」

「妳不是不舒服嗎？」宋云圭不死心，一句「我很擔心妳」呼之欲出；無奈楚瓚熙再度婉拒，宋云圭只好稍微退讓，要楚瓚熙到家時通知他一下。

不怪楚瓚熙，要怪就怪他那換帖的好兄弟朴炎彬；他到底幹了什麼事，才讓她這平時晶亮的雙眼蒙上了一層灰。

可惡，他真的好討厭這樣毫無頭緒的感覺。

☆　☆　☆

朴炎彬澈底消失了，楚瓚熙失魂落魄的情況也因此日益加劇。上課的時候不專心，被大刀教授多罰一份報告；放學後走路分心，被石頭絆倒扭傷了腳；還不小心得了重感冒，不只唱不了歌，甚至一整天都只能睏倦地躺在床上休息，這個世界上大概也沒人比她更淒慘了吧。

「瓚熙姐妳要不要緊啊？」

「瓚熙妳真的還好嗎？我女友有煮粥，要不要帶一點過去給妳？」

「妳最好趕快好起來嘿，不然我們複賽就要開天窗了；要是真的開天窗，我真的會拎起鼓棒——不，我這次會把整架的鼓搬起來砸妳！」

群組視訊中，眾人你一言我一語，而楚瓚熙雖然強打起十二萬分精神爬起來視訊，卻還是感到十分疲憊。

「好啦，」面對鏡頭，楚瓚熙面色依舊略帶病氣，但還是強顏歡笑地要大家別擔心。

「我已經看過醫生了，應該快好了吧，再休息個幾天就——咳咳……咳咳咳……」

「唉呦好了啦，金毛哥你別這樣給瓚熙姐壓力，人家身體已經很不舒服了。」

「對啊對啊，瓚熙，妳別聽金毛亂講，先好好休息，如果有缺什麼、少什麼，馬上跟我們說，我們一定幫妳送過去。」

聽完小虎和蝦子的話後，楚瓚熙難抵睏意，簡單向大夥兒道謝後便掛斷視訊、鑽回被窩。她其實覺得身體的這些不適根本不算什麼，對楚瓚熙而言，現在最重要的就只有朴炎彬而已。自從她對朴炎彬告白失敗，至今也已經過了快半個月了，這段時間裡她完全沒再見過朴炎彬的蹤影。

思及此，她忍不住感到委屈，眼淚也順著臉龐沾濕了枕頭。

都說千金難買早知道，明知結果會是如此，她當初無論如何都不該說出口。好幾次她都覺得懊惱，又後悔當時為什麼沒忍住，竟然輕易將心意告訴朴炎彬，如果她三緘其口，那朴炎彬也不至於像現在這樣躲著自己。

突然，楚瓚熙也不曉得到底哭了多久，一句：「別哭，瓚熙，我在呢。」就這麼真實地迴盪在她耳邊，她猛地從朦朧中驚醒，但沉重的眼皮仍抵抗不了地心引力，又再度緊緊闔起。楚瓚熙也放棄掙扎，她害怕那聲音只是自己的幻覺；懷揣著如此心思，不多時便又陷入了昏睡。

當楚瓚熙再次睜開眼睛看到眼前的景象時，她整個人都傻了。

原來昨晚那句在耳邊的呢喃是真的，朴炎彬又附在宋云圭身上，而且還為她煮了一桌的清粥小菜。

「你到底跑去哪了？」確定眼前的人是朴炎彬後，楚瓚熙劈頭就問。

「也沒去哪，就附近晃晃，想說等過幾天再回來找妳會比較好，」朴炎彬回答得戰戰兢兢，因為他沒忘記楚瓚熙說過要他別再附身宋云圭的話。「我沒有其他的意思，只是因為妳生病了，只有這樣我才有辦法照顧妳。我發誓，我這次沒有亂吃，更沒有亂抱妳，就只是幫妳煮了點食物而已；妳快點吃，這樣才有體力恢復健康。」

楚瓚熙沒有回話，只舀了一湯匙的稀飯、配上一點菜，一口一口慢慢地放進嘴裡。

其實她有很多話想說，卻又不知該從何說起。吃飽飯後，楚瓚熙從抽屜的最底層拿出那條原本打算封塵的項鍊。

「朴炎彬，你不要再亂跑了。」楚瓚熙再次將項鍊戴上，「你不是說要當那晚的事沒發生過嗎？說話要算話。」

「妳……」看著楚瓚熙再次戴上項鍊，朴炎彬欲言又止，想要她摘掉，卻又希望她就這樣一直戴著。

✩　✩　✩

「那晚有發生什麼事嗎？」楚瓚熙垂下頭，長長的瀏海遮住了她的眼睛，也掩去了她大半的表情。「我只記得我們吃了很多鹽酥雞、喝了很多啤酒；那晚……我們聊得很開心。」

片刻後，她抬起頭，對朴炎彬投以一個燦爛的笑容，「所以你就乖乖待在我這個『好朋友』身邊吧，別再亂跑了。」

只要能讓朴炎彬繼續留在自己身邊，就算要當作那天晚上什麼事都沒有發生，楚瓚熙也心甘情願。

☆　☆　☆

「嘿！比起請大家吃飯，我想到了一個更好的慶祝方法。畢竟我們除了突破一萬訂閱，還成功晉級複賽，當然得辦盛大一點！」

為了準備複賽的演出，楚瓚熙病癒後並未多做休息，即刻馬不停蹄地回歸Fire Forever的創作與練習。這天，眾人剛拍板定案，決定以全新原創歌曲取代〈編曲六號〉上戰場，蝦子在大家散場前及時拿出手機跟大家分享某旅行社的廣告。

「哇，好像不錯耶，星空營區三天兩夜！」看了畫面中的內容，小虎興奮地直叫嚷：「好漂亮！要要要！我要去！我要去！」

外表看起來最陽剛的金毛，對這種浪漫的景點也絲毫沒有抵抗力。「哇噻，水呦，很美！這裡感覺很厲害餒，而且我好像也已經很久沒有出門玩了。好啊！走啊！」

只宋云圭一人還淡定地看著楚瓚熙，想知道她去不去。

「我也去，」接收到宋云圭投來的視線，楚瓚熙點頭說道：「好久沒有出門玩了，而且我好像也還沒和你們一起出過遠門。宋云圭你也會去吧？」

本來以為楚瓚熙會拒絕，所以當聽到她說會參與時，宋云圭簡直又驚又喜，立刻開口表示自己也要參加。

「很好！」聽到大家都贊成後，蝦子彈了一個響指，立馬就下訂套裝行程。「那說定囉！就還在元旦連假那三天吧！還可以順便看看明年的日出、換換新氣象。」

霎時間，整個練團室熱鬧歡騰，大夥兒也對著即將到來旅行相當期待。

唯有宋云圭和楚瓚熙懷揣著心事，而飄浮在半空中的朴炎彬也已經開始默默倒數自己離開的日子；這三位人類與鬼魂周圍皆籠罩著一股低迷的氛圍，與周遭愉快的氣氛形成強烈對比。

剩沒多少時間了，朴炎彬愁苦地掰著手指，就只剩兩個月了，他還能待在楚瓚熙身邊的日子就只剩下兩個月。

楚瓚熙不經意地輕碰了下頸上的項鍊，雖然說過自己會像朴炎彬一般，假裝那晚的事從未發生過，可她卻還是好喜歡、好喜歡朴炎彬；即便她的氣色現在看起來已經痊癒，但她的心情卻自那天後就一直傷痕累累。

宋云圭望著楚瓚熙，像是想把她看穿似的，他深信楚瓚熙和朴炎彬單獨慶祝的那晚一定有發生些什麼。

他並不是在等待自己哪天能甩開這種耿耿於懷的心情，而是希望可以找到時機，從楚瓚熙口中問出事情的真相。

☆　☆　☆

「為什麼不跟我們一起去？」

當楚瓚熙正在整理要露營的行李時，身旁的朴炎彬卻忽然告訴她，自己不會參與慶功旅行，祝她和其他人玩得開心。

「怎麼了？討論的那天你不是沒說不去嗎？」楚瓚熙微慍的眼神裡帶著困惑。即便她知道自己跟朴炎彬之間再無可能，但還是會抱持著某些期待；況且她原本還想好好把握這次一起出遊的機會，為兩人之間留下美好的回憶，但朴炎彬現在卻說自己不克出席，楚瓚熙心中冉冉升起一股委屈。

「沒有啊，就對露營不感興趣，想說還是你們去就好，我去也不能做什麼，所以就算了啦。」

實在太反常了。楚瓚熙覺得說對露營不感興趣的朴炎彬真的很奇怪，平常講到吃喝玩樂，怎麼可能沒有他的份？這不合理啊！

所以她開門見山問道：「朴炎彬，你說實話吧，到底為什麼不去？還有，你是不是有事瞞我？我總覺得你怪怪的。」

「沒、沒有啊，」朴炎彬沒料到楚瓚熙竟如此單刀直入，緊張得一時語塞，不知要怎麼回應。「真的沒有事情瞞著妳啦，而且討論的那天我不是也沒說要去嗎？真的只是單純不想去而已，山上晚上都是蟲，蚊子也多，也沒有什麼美食，我還是窩在這裡等你們比較實際，妳只要記得在出門前幫我囤點糧食就行。」

「你……」罷了，眼看著朴炎彬心意已決，本來還想繼續遊說的楚瓚熙只好妥協：「好吧，知道了。那我不在的這段期間，你就好好看家，不准亂跑，有聽到吧？」

朴炎彬點點頭，楚瓚熙也沒再多說什麼，只轉身繼續打包行李。

朴炎彬低頭看著楚瓚熙整理東西的身影，頓時很想收回自己剛才的拒絕。

其實他很想去，但他看出了宋云圭對楚瓚熙的關心，也發現宋云圭對楚瓚熙的喜歡；阿圭看著楚瓚熙的眼神裡充滿了欲言又止和一點點小心思，雖然沒有很明顯，但只要對他夠熟悉，就能看出一點端倪。更何況宋云圭看著楚瓚熙時所露出的表情，和自己看著她時的模樣如出一轍，所以朴炎彬一下子就明白了。

總之不是壞事吧，朴炎彬想，如果未來陪伴在楚瓚熙身邊的人，是他的好兄弟阿圭的話，那麼要他放手安心地走好像也不難。

憑著他對宋云圭這些年的認識還有情誼，若真的有他在身邊替楚瓚熙遮風擋雨，那朴炎彬就放心了。因為他知道，宋云圭除了毒舌之外，真的是一個很溫柔的人，而且也比自己更有能力帶給楚瓚熙幸福，畢竟人鬼殊途，就算朴炎彬想守護楚瓚熙，但又能持續多久呢？

所以，能在離開世界之前替楚瓚熙找到幸福，那對朴炎彬而言，放手又有何難？他一定做得到，而且勢必得做到。

更何況……如果楚瓚熙可以在他消失之前喜歡上其他人的話，那等離別的那天到來，他的瓚熙應該就不會那麼心痛了吧？

對嗎？

但為什麼光只是這麼想，他的胸口就彷彿被一隻隱形的手狠狠掐住，止不住地發疼呢……

☆　☆　☆

「好漂亮！這裡真的好美！」

「對啊，一直忙著工作上的事，我已經好久沒有來親近大自然了，這裡好山好水，真的好棒，看著就心曠神怡！」

「沒錯，而且還有自助式的烤肉台跟瓦斯爐，真的很方便，就連露營車也很舒適寬敞，蝦子哥真厲害！可以找到這麼棒的地方！」

「看吧，俗話說『不經一番寒徹骨，焉得梅花撲鼻香』，如果我剛剛就掉頭下山把你送回家，那你是不是就體驗不到這些了？」

「是是是，蝦子哥說得對，蝦子哥說的都對！」

專屬Fire Forever慶功旅行的第一天，蝦子載著大家，駛在通往山頂的羊腸小徑。原本小虎還嚷著繞山路頭暈不舒服，中途甚至哭喊著要蝦子掉頭馬上把他送回家，幸好在眾人的威逼利誘下，他才好不容易乖乖閉目養神。

可是反觀一路上不吵不鬧、沿途受盡顛簸之苦，都快把胃晃出來的楚瓚熙就沒這麼幸運了，一個暈車吵鬧的小虎已經稍微破壞了出遊氣氛，她怕如果也跟大家說自己身體不適的話，蝦子肯定會二話不說取消行程。於是她只好強打起精神，忍耐再忍耐，直到抵達目的地後才奔進廁所一吐為快。

「不舒服怎麼不說呢？」蝦子、小虎和金毛並未發現楚瓚熙的異狀，只有宋云圭下車後馬上攙扶著臉色蒼白的楚瓚熙進浴室。

「沒事啦，」楚瓚熙有氣無力地撐起笑，「我好多了，而且小虎已經不舒服了，如果又多一個我，你覺得我們還上得來嗎？我現在真的沒事了，放心。」

然而，宋云圭對楚瓚熙口裡說的「沒事」仍將信將疑，但此刻他更想知道的是另一件事情。「現在就只有我們兩個人，可以說了吧？那天，妳說要和朴炎彬單獨去慶功的那天，到底發生了什麼事？」

楚瓚熙狠狠愣了一下。未曾想，明明已經過了好一段時日，而自己也很努力想要將之埋藏在記憶深處，卻在此刻被宋云圭提起，這讓楚瓚熙相當措手不及。

「沒有啊，」僵持了好一會兒，楚瓚熙才悠悠開口，但也並不打算據實以告，而是又再一次想蒙混過去，並試圖將問題拋回到宋云圭身上。「不也告訴過你沒事了嗎？再說了，你覺得慶功的時候還能發生什麼事？不就是吃吃喝喝嗎？我覺得你很奇怪耶！幹麼一直對這件事耿耿於懷？」

「妳才奇怪吧，」宋云圭說：「從那天之後妳很明顯整個人就很不對勁。」

「哪裡不對勁，」楚瓚熙仍然輕描淡寫地帶過。「不跟你說了，快中午了，我先出去看需不需要幫忙準備午餐。如果你有空的話就也趕快出來洗菜切肉吧，聽說蝦子的女友幫忙備了不少食材。」

一語說畢，楚瓚熙沒給宋云圭繼續追問下去的機會，便一溜煙地快步走出露營車，和蝦子一起準備午餐。

忙了好一會兒，由於在場的眾人都沒有什麼做飯的經驗，在手忙腳亂了一個半小時後，才好不容易端出幾道像樣的菜；這讓大家不禁開始懷念起朴炎彬的好，這位偶像明星除了有一副好歌喉外，更是燒得一手好菜，可謂「上得了廳堂、下得了廚房」。

「如果朴炎彬這時候還在就好了。」盯著眼前被煎得焦黑的魚，蝦子忍不住感慨。

「嗚嗚，我可以不要吃這個嗎，金毛哥？」看著碗中被強行夾入的黑暗料理，小虎整張臉都綠了。

「你給我吃下去！」金毛冷著臉示意小虎最好乖乖吃掉，那可是他從洗菜到炒菜都親力親為的蒜香萵苣，就算炒爛了也還能吃。

「嗚嗚，」小虎哀號，「我真的好想念炎彬哥的料理喔！」

「不只你想念，」連一向精明的蝦子也難逃黑暗料理的荼毒，勉強吃了一口後又吐了出來。「打鼓的你當鹽不用錢喔？到底是加了多少啊？鹹死了！」

「你這魚也好不到哪去啊！喂彈貝斯的！你以為這裡瓦斯不用錢，就可以這樣浪費嗎？」

「好了啦你們，」楚瓚熙趕緊出聲打圓場，「至少還有我的這鍋白飯和宋云圭弄的水煮蝦能果腹，先將就著吃吧。」

宋云圭坐在一旁望著眼前那桌不成體統的料理，臉上寫滿了凝重；雖然他不挑食，但眼前的這些東西根本不能稱之為食物，雖然此地風景秀麗，但他並不想餓死在這裡。

「所以真的都沒帶到乾糧，是嗎？」就在開飯前，蝦子向大家宣布他忘記把裝有乾糧的箱子搬上車的壞消息；但看著眼前這些「生化武器」，楚瓚熙內心緊攢著一絲微小希望，忍不住又問了一次。

「嗯……」蝦子也很不好意思。「對不起啊，我知道大家都不太擅長做菜，只是沒想到居然會慘成這樣。不然晚上乾脆烤肉好了，烤肉你們總會吧？」

「好啊，」說到烤肉，小虎立馬眼睛一亮，「蝦子哥你早說嘛，早知道我們剛剛就該直接拿出來烤，這樣我們現在就用不著吃這些怪東西了。」

「沒事啦，」蝦子安慰，「反正就這一頓而已，晚上我們還要去步道欣賞山裡的美景，吃飽了才有力氣！」

一聽到要把這些黑暗料理吃掉，小虎就像川劇變臉般，原本還閃閃發亮的笑容一下子就垮了下來，然後忍不住嘟囔道：「如果炎彬哥還在就好了，真的好想再吃一次他的手藝。」

「是啊，」楚瓚熙也附和，回想起前陣子她臥病在床時，第一次吃到朴炎彬為她親自準備的清粥小菜，雖然菜式簡單，卻相當美味。「如果他這時候也在那就好了。」

而蝦子則是低著頭剝蝦，一邊感慨道：「可惜啊，以後再也吃不到了……」

蝦子的這番話令全場陷入一陣莫名的低氣壓，但就在此刻，站在保冰桶前的金毛發出了一聲慘叫。

「幹麼？打鼓的你又怎麼了？」

「烤肉醬啦，」望著石地上的玻璃碎片，以及潑灑而出的醬料，金毛自知闖下大禍。

「歹勢啦，被我打破了。」

然後毫不意外地，罵聲四起……

☆　☆　☆

由於烤肉醬被金毛打破，而且也沒準備乾糧的緣故，楚瓚熙自告奮勇前往山腳的超商添購，其他人則繼續原定行程。

本來大夥兒是打算要一起去的，但他們實在捨不得錯過黃昏時的霓虹雲海與日落美景，加上楚瓚熙打算順路買一些生理用品，便很堅持自己可以單獨完成採購任務。

起初宋云圭當然不同意，說什麼也要陪楚瓚熙一起；無奈拗不過楚瓚熙的拒絕，最後只好妥協，並要楚瓚熙小心安全。「妳手機的鈴聲最好給我開到最大，否則讓我找不到人，妳就完蛋了。」

「知道啦，」對於宋云圭的脅迫，楚瓚熙微微笑了笑。「買完之後我馬上就跟你們會合，除了烤肉醬跟乾糧，你們還需要什麼嗎？」

「沒了。」蝦子說：「妳就隨便買吧，麵包、泡麵、罐頭什麼的，買多了也沒關係，重點是自己注意安全，有事馬上打給我們，知道了嗎？」楚瓚熙點頭稱是，便立刻動身下山，希望能在日落之前回來。

去程相當順利，然而回程就沒這麼簡單了。

楚瓚熙往回走到半山腰時碰上了三條岔路，其中一條比較窄，感覺不太會有人從那邊經過；而另外兩條差不多寬，只是楚瓚熙依稀記得自己是從右邊這條下來的，便毅然決然沿著右邊的小徑往上走，卻不料被帶到了更深更複雜的林子裡。

於是乎，楚瓚熙迷路了。

「瓚熙姐，妳現在在哪？東西買好了嗎？」楚瓚熙停下腳步、接起電話，裡頭傳來了小虎焦急的聲音。

「要不要去帶妳上來啊？」大概是開了擴音模式，楚瓚熙聽見蝦子和金毛的聲音也陸續傳來。

「彈貝斯的，不需要你啦。楚瓚熙，妳把定位傳上來，宋云圭那傢伙已經下去找妳了。妳應該沒有迷路吧？」

「沒有迷路啦，」楚瓚熙並不想讓大家擔心，所以沒有說出實情。她想著，只要等等掉頭按原路回去，到岔路口選另一條路就沒問題了。「我會打給宋云圭叫他別下來。東西我買完了，等等就上去找你們會合，別擔心。」

「那就好，」蝦子說：「總之注意安全，我們邊走邊休息；妳也不用著急，慢慢來就行了。」

楚瓚熙掛斷電話，準備撥給宋云圭，想跟他說不用下山；然而接連打了三、四通，宋云圭完全沒有接。

她索性將手機收了起來，將買來的東西往肩上背，掉頭沿原路返回；沒想到居然在半路遇到了宋云圭，楚瓚熙瞬間懷疑宋云圭是不是在她身上裝了什麼定位裝置，不然怎麼能這麼精準地出現在她面前呢？

「宋云圭?!」楚瓚熙再三確認自己並沒有將定位發送，並難以置信地瞪大雙眼。「我不是沒傳定位嗎？你怎麼找到我的？而且你叫我手機鈴聲要開到最大，結果自己不接電話是什麼意思啊？」

「瓚熙，迷路了妳怎麼不說？害我擔心死了。」

面前的宋云圭一開口，楚瓚熙就愣住了。

「朴、朴炎彬？你是朴炎彬？」

「妳猜猜啊。」數度被朴炎彬附身的宋云圭耍了耍嘴皮子，而後點頭道：「好啦不鬧妳了，我是朴炎彬。」

「你不是說不來嗎？」楚瓚熙又驚又喜，同時也帶著一點困惑。「怎麼又來了？」

「剛剛不是說了嗎？我擔心妳啊，」朴炎彬指著烏雲密布的天空道：「而且妳看，快下雨了。照山上這種變化莫測的天氣，雲海跟夕陽大概是泡湯了吧。」

「喔……」說時遲那時快，楚瓚熙話都還沒說清楚，豆大的雨便紛紛落了下來。

「快，我們去那邊。」朴炎彬一把接過楚瓚熙身上的東西，然後急急忙忙地拉著楚瓚熙到前方不遠處的亭子裡避雨。

「你還沒告訴我為什麼你會來，真的只是因為擔心我嗎？」兩人在亭子裡把身上微濕的水氣弄乾。楚瓚熙抬頭望了朴炎彬一眼，明明原本說不會來的，結果卻……，看來他還是很關心自己的嘛？楚瓚熙暗自竊喜，嘴角也無意識地揚起一點弧度。

「對啊，」朴炎彬笑了笑，「幹麼不信我？」

「才不是什麼相不相信的問題。」楚瓚熙說：「只是那天，我一直想說服你，但你很堅定地說自己不會來，結果現在又突然出現，所以我有點驚訝罷了。」

「沒什麼啦，就……感覺到你們這些不會煮菜的一直在呼喚我，我這不是及時過來救場嘛。」朴炎彬聳聳肩，低頭看著購物袋裡的東西，「就吃這些啊？出來玩，吃得比待在家裡還不如，那幹麼出來？」

「露營嘛，吃簡便點很正常啊，」楚瓚熙回他：「只是我從來都不知道原來你這麼會做菜，是我小看你了；早知道就瞞著房東去買個卡式爐讓你發揮長才，這樣我就不用一直叫外送了。」

「可以啊，」本來還嘻皮笑臉的朴炎彬，在聽見楚瓚熙這麼說後非但沒有拒絕，反倒還認真嚴肅地答應，「我可以每天煮菜給妳吃，就算我可能還差了點，我也願意為妳學。」

「什、什麼啦，」楚瓚熙那本來就已經不太平靜的心弦，被這麼一撩撥後又更亂了，「我、我開玩笑的，如果真的讓你每天煮東西給我吃，那你豈不是要每天找宋云圭附身？」

「那妳為什麼這麼討厭我附在阿圭身上？」這個問題一直積在心中好久，不管是宋云圭還是朴炎彬，他們都很想知道答案，想知道為什麼楚瓚熙對這件事如此反感。

楚瓚熙搖搖頭，「也不是討厭，就只是覺得你是你、宋云圭是宋云圭，我怕哪天我會錯亂，所以才會要你別老是這麼做；而且宋云圭也有他自己的日子要過，不能老是這樣自私地介入別人的生活吧——雖然有他的身體來幫忙真的很方便。」她在最後不忘小聲補充。

「我不介意啊。」朴炎彬擺了擺手。

「我當然知道你不介意啊，」聞言，楚瓚熙不客氣地朝他翻了個大白眼，「重點是人家宋云圭會不會介意吧？」

「嗯，說得也是。」

「你今天沒帶手錶啊？」望著朴炎彬的手，楚瓚熙沒有聽到那個她熟悉的鈴鐺聲，「是出門太匆忙了嗎？」

「噢，」握了一下手腕，朴炎彬有點慌張，但幾秒之後便又恢復如常。「嗯，對啊，就趕著出來找妳，忘記戴了。」

楚瓚熙點頭，「沒事啦，隨便問而已。不說這個了，反正現在這樣挺好的，我們也已經很久沒有像現在這樣自在地聊天了。」

朴炎彬原先沒有回話，只是靜靜地傾聽，後來卻還是忍不住問道：「有發生什麼事嗎？我們為什麼很久沒有像現在這樣自在地聊天了？」

「裝什麼傻啊？」楚瓚熙氣得打了他一下，「幹麼？我們是約好要當什麼事都沒發生過，但不代表那整件事就真的完全不存在了好嗎？」

「我真的忘了，」朴炎彬的表情不像在說謊，「要不然妳提示我一下，說不定我就能想起來了。」

「你……」雖然覺得奇怪，但楚瓚熙出於對朴炎彬的信任，便還是一五一十地交代。

「少跟我開玩笑了，」楚瓚熙沒好氣道。「我跟你告白被拒絕，你告訴我你已經死了，所以我們再也不可能，這種事怎麼能忘記啊？騙我的吧！」

「喔，」朴炎彬臉色一沉，失落和憂傷摻半，卻又好似一切都在他的預料中，隨即便又逐開笑顏。「我說得也沒錯啊，我們這個樣子確實再也不可能。」

「那如果，」楚瓚熙轉身，臉朝朴炎彬湊了過去，深深地望進他眼底，彷彿想從中找到自己渴望的那個答案似的。楚瓚熙既期待又怕受傷害，她顫巍巍地問：「如果你現在還活著的話，我們就有可能了嗎？」

語音甫落，楚瓚熙便自嘲地勾起脣角，嘆了口氣往後退幾步。「對不起啊，你就當我在胡言亂語好了。畢竟如果你現在還活著，就不會需要來找我幫忙，我們根本也不會相遇。你仍舊會敬業地唱歌、演戲，身旁的人也只會是蜜兒；而我……就頂多是你眾多粉絲裡的其中之一，我說得對吧？」

「楚瓚熙……」

背過身去的楚瓚熙，此時已看不見朴炎彬臉上那黯淡的表情。「雨變小了，我們走吧。既然都來了，今晚就留下來吧，大家都很想念你做的飯菜，如果你願意，就煮給大家吃吧，我會幫你保密的；但如果你想讓他們知道其實是你回來煮的，我也可以幫你跟他們說。」

話才剛說完，楚瓚熙就被拉進懷裡；在她反應過來之前，便感受到一股綿軟覆上了她的脣，本只是蜻蜓點水，輾轉之後又加重了幾分力道。

「瓚熙？阿圭！⋯⋯」正當楚瓚熙還耽溺在這樣的曖昧裡時，一陣熟悉的鈴響和朴炎彬的聲音傳入了她耳中，楚瓚熙倏地睜開雙眼，看見了飄在半空的朴炎彬後，嚇得立刻將近在咫尺的宋云圭推開——

「你不是朴炎彬?!」望了眼一旁的朴炎彬，再看了看眼前這個及時找到迷路的自己、陪自己在這裡躲雨、甚至還強吻自己的人，楚瓚熙無法置信地破口大罵：「宋云圭！你渾蛋！你覺得這樣假裝是朴炎彬來整我很好玩嗎！」

「我⋯⋯」沒料到自己假扮成朴炎彬的事會露出馬腳，宋云圭一時之間亂了方寸，不知該做何回應。

他只是想知道楚瓚熙和朴炎彬之間發生了什麼事而已，也只是太喜歡楚瓚熙了，所以才情不自禁⋯⋯

「等一下！」然而宋云圭還沒來得及回答，朴炎彬就率先頭也不回地飄離，楚瓚熙正準備上前追過去，但卻被宋云圭攔住。

「為什麼我就不行？」宋云圭紅著眼，這是他第一次在楚瓚熙面前卑微地示弱、懇求，「別以為我不知道，上回他附在我身上抱了妳一整夜都沒鬆開。為什麼一樣都是我的身體，他可以抱妳，我就不行？」

「不一樣！這不能混為一談！因為你不是他！」楚瓚熙幾近崩潰大喊：「我喜歡的人是他不是你啊！」

「怎麼就不能是我了？」宋云圭無奈地抿著脣，「妳剛剛自己也說了，朴炎彬他已經死了，你們不可能的！」

「就算不可能又怎樣？」楚瓚熙在咬緊牙以後，嘗到了股鹹鹹澀澀的味道，她分不清那口中到底是血還是淚，「我就是喜歡他啊！」

聞言，宋云圭發出輕笑，「明明已經猜到了答案，卻還執意要一探究竟。原來妳在和他慶功完後一直不肯說的失常，就是這些啊。」

楚瓚熙對宋云圭的這番話感到不悅，可卻也沒有耐心再繼續和他耗下去，只迅速轉身朝方才朴炎彬消失的方向追去。

對她來說，沒有任何事情、任何東西比朴炎彬來得更重要，所以她不想被誤會，就算真的無法在一起，她也要跟他解釋清楚。

可惡，她覺得自己真笨，明明跟朴炎彬朝夕相處了那麼久，居然還會傻傻地被以假亂真；何況剛剛宋云圭手上沒戴手鍊時她就該起疑，怎麼還輕易相信了呢？

她簡直就是愚蠢至極！

當楚瓚熙還邊跑邊罵自己時，她已經衝出了那條錯誤的路，並順利找到了朴炎彬。

「朴炎彬……」如果可以，她真想拉住他，因為她害怕朴炎彬下一秒又會逃走，「我和宋云圭不是你看到的那樣，是他假裝成你，我才會誤認的，但你知道嗎？我真的很希望剛剛的那個人是你。」

笑了笑，朴炎彬的表情也飽含無奈，可卻只文不對題地說：「阿圭他也喜歡妳。」

「你也喜歡我吧。」衝著朴炎彬的那個「也」字，楚瓚熙大膽猜測，可她真的不懂，如果朴炎彬也喜歡自己的話，到底為什麼還要把自己推開呢？

「喜歡啊，」愣了一下，朴炎彬承認得很乾脆，可隨即又生硬地轉了個說法：「瓚熙，妳幫了我這麼多，我當然喜歡妳這個朋友；但是我也說過了，像妳這樣的鐵粉很容易對偶像出現錯覺，誤把崇拜當成喜歡，我不希望妳這樣。」

「我也不想啊！」聽完朴炎彬的這些話，楚瓚熙簡直快抓狂，「可是朴炎彬，我已經很努力不要喜歡你了，但我還是克制不了自己，我真的很喜歡你，不是粉絲對偶像的那種錯覺，絕對不是！」

聞言，朴炎彬那顆努力抵抗的心，瞬間有了被軟化的跡象。

差一點，就只差那麼一點，他就快跟楚瓚熙坦承自己真實的想法，他確實已經喜歡上她了，可下一秒理智卻又馬上將朴炎彬拉回現實。

畢竟他只是一縷幽魂，並也再不久後就會澈底離開這個世界，說多了也只是徒增無用的羈絆，所以還是別說得好，什麼都不要說最好……

「對不起，瓚熙，」最後，他能對楚瓚熙說的也唯有抱歉了，「如果是愛情的那種喜歡，我實在無法回報妳同樣的感情。」

Chapter 9

朴炎彬星

The Eternal Flame
of Fire Forever

「嘿！各位哥，還有瓚熙姐！你們快來看！」

「幹麼啊？這麼興奮，發生什麼事了？」

「哈哈哈！自食惡果了吧！這就叫惡有惡報啦！楚瓚熙妳在幹麼？還不快來！妳的萬年敵人翁茜茜出事了啦！」

結束了三天兩夜的旅遊行程，Fire Forever回來後一刻也沒停歇，立刻火力全開，為僅剩兩個月餘的複賽再多加把勁。

也幸好還有「朴炎彬生日紀念歌唱大賽」複賽這樣明確的大目標，讓楚瓚熙能轉移注意力，否則眼下不論是宋云圭或是朴炎彬，對她而言都是沉重的打擊。

更幸運的是，翁茜茜的團隊貌似起了內鬨。就在昨天，那首〈茜茜〉被匿名檢舉抄襲，一下子就從各大網路平台遭下架，除了底下的爆料留言，全國最大的學生論壇上也有人特地寫了一篇為Fire Forever平反的文章。

鬧得如此滿城風雨，逼得想繼續當隻縮頭烏龜的翁茜茜不得不現身道歉。

「對不起，我對不起大家，也對不起愛我的粉絲，但我真的不知道原來這首歌其實是Fire Forever的作品，起初這首歌的譜也是我朋友拿給我的，如果我一開始就知道，根本不可能拿來用。對不起，對不起，我真的不知道，我很對不起大家……」

直播畫面中，翁茜茜梨花帶淚地道歉，可網友們對於她的說詞並不買帳，直言翁茜茜根本毫無悔改之意，只顧著把錯推到自己的朋友身上，更沒有真心向Fire Forever認錯的誠意，簡直就是提油救火。

「真可笑，」蝦子冷哼，「她說譜是她朋友拿給她的，那她還好意思在作詞、作曲人填上自己的名字，是有沒有這麼厚臉皮？」

「對啊！」小虎也很不諒解，「我看啊，就該把這些錄下來後去告她，這樣才能好好替Fire Forever出一口氣，實在是太可惡了！」

「對啊！」金毛也氣不過地站起來大罵，「真的當我們好欺負嗎？」

「好了好了，」面對眾人難平的怒火，楚瓚熙趕緊出聲打圓場。倒也不是說不去計較，或是楚瓚熙懷有一顆菩薩心腸，她只是覺得在這節骨眼上，能還給Fire Forever和〈編號六號〉清白是最重要的事情，其他的就暫且先不花心思去考慮。「現在最要緊的是複賽，為今之計就是加緊練習；而且你們前幾天不是才說想加入一些舞蹈，讓我們的表演更精彩嗎？」

「對啊，」蝦子拿起手機滑了兩下，「我有同事在兼職當舞蹈老師，我已經把我們的參賽歌曲拿去請她編舞，等這兩天她編完舞後有空的話，應該就可以來教我們了。」

「等一下！」聽到了這裡，小虎突然喊卡，「既然現在大家都知道〈編號六號〉是我們的了，那複賽那天要不乾脆拿回來唱？」

「你想得美！」蝦子毫不客氣地用手拍了一下小虎的頭，「想也知道，你這個肢體不協調者就是不想跳舞！以為還在初賽喔，可以說換就換，我們的譜和詞都已經寄給經紀公司了，為了慎重起見還用紙本，你這樣臨時改變主意換來換去的，不怕又重蹈覆轍嗎？」

「噢，好啦，」小虎噘嘴，滿臉無辜地咕噥，「蝦子哥你說話就說話，不要動手動腳啦，本來就不聰明了還被你這樣打。」

「欸團長，你這陣子怎麼都那麼安靜？翁茜茜他們不戰而敗，你好歹也笑一下嘛！」

大家已經玩鬧了好一陣子，蝦子才突然發現宋云圭一直都很安靜地單坐在角落，而且這種詭異情況也不是一、兩天了，自從度假玩回來後就開始發作。

當然，這箇中的緣由就只有宋云圭本人和楚瓚熙明瞭。是賭氣的冷戰，也是心懷芥蒂的尷尬。

「別理他，」楚瓚熙頭也不抬地說，甚至連看都沒看他一眼，「既然他喜歡搞孤僻，那就隨便他吧。」

「算了，」蝦子也說：「難得能不聽他毒舌，何樂不為？」

☆　☆　☆

事發多時，網路上攻擊翁茜茜的戰火卻仍未平息。

然而，俗話說「得饒人處且饒人」，更何況Fire Forever也沒有那麼小肚雞腸，在翁茜茜被罵得狗血淋頭之際——甚至在學校也遭到排擠——Fire Forever在網路上發文表示願意原諒翁茜茜團隊，畢竟快樂地玩音樂才是Fire Forever所樂見的，翁茜茜等人已經受到了應有的懲罰，Fire Forever也拿回了〈編號六號〉的版權，實在沒必要趕盡殺絕。

一切看似已步入正軌，但與此同時，楚瓚熙卻驚覺自己的順遂日子怕是很快就要到頭了……

本來忙活一星期，又是唱歌又是練舞的，終於迎來難得的假日——學校不用上課、Fire Forever也無需練團，楚瓚熙回到租屋處，只想一頭栽進那綿軟的被窩中，豈料推開門、亮了燈，竟看到朴炎彬奄奄一息地蜷縮在門邊，身體也變得越來越透明。

「你怎麼了？」見狀，楚瓚熙焦急地趕緊蹲下查看，「是哪裡不舒服嗎？」

「我沒事，」朴炎彬苦笑著搖搖頭，「我真的沒事。能再見到妳，真的太好了……」

楚瓚熙不和朴炎彬多說廢話，眼下情況危急，不祥的預感也油然而生，「你到底怎麼了？拜託你告訴我好不好？你這幾天到底跑去哪裡了？為什麼都沒有回來？」

「我……」朴炎彬欲言又止，幾度想要開口，但話方到嘴邊就又忍不住收了回去，因為他不知道該怎麼跟楚瓚熙說。

他實在不知道該怎麼告訴楚瓚熙，也捨不得讓楚瓚熙承擔這些這些悲傷；可就算他什麼都不說，事情也還是依然會發生，若真等到告別的時刻才讓楚瓚熙知道真相，朴炎彬也不敢想像楚瓚熙會多麼痛徹心扉，又會哭得多麼撕心裂肺。

於是，幾經思量後他還是選擇據實以告。

「瓚熙，」雖然摸不到，但他依舊捧著楚瓚熙的臉，認真地看著她，開口道：「不久後我就得走了。」

「走了？」楚瓚熙驚訝地瞪大雙眼，神色裡交織了許多負面的情緒，是害怕、是惶恐、是擔憂，但更多的是無法接受，「你要走去哪？」

朴炎彬本來早就已經不屬於這個世界，而且在一魂一人最初相遇時，朴炎彬就告訴過楚瓚熙，自己尚存的時日僅剩無幾，所以要她幫忙完成那些自己未了的心願。只是啊……日久生情，兩人心裡的感情種子生了根、發了芽，這些幸福到令人難以割捨的日日夜夜，也讓楚瓚熙忘了他們終將分離的事實。

「妳是不是傻？」朴炎彬溫柔地笑了笑，「妳說，我還能走去哪？當然是去我該去的地方囉。」

「能不能別走？」能不能永遠都不要走？楚瓚熙頰邊的淚水穿過朴炎彬的手掌，直接滴落在地板上。

勉強扯了扯脣角，朴炎彬無奈地搖搖頭，「不能，我也想一直陪著妳的。我有跟祂們求過了，可是祂們不同意，我也沒辦法。」

「那……」楚瓚熙對自己的無能為力感到悵然若失，明明喜歡的人就眼前，可卻怎麼都抓不住，也無法挽留，最後也只能勉強地開口問：「什麼時候走？」

朴炎彬說：「生日紀念歌唱大賽複賽的前一週。」

「蛤？」這個答案很明顯地不在楚瓚熙的預料之中，「那你不就看不到我們比賽了？」

「不一定，」朴炎彬抿了抿脣，「或許我會在很遠很遠的地方欣賞你們的成果，也會因為你們的傑出表現而感到驕傲。」

「不要，」聽到朴炎彬這麼說後，楚瓚熙很大力地搖了搖頭，「我不要你在很遠很遠的地方看我們，我要你就在我們身邊，聽我們努力演唱，我要你在現場以我們為榮。」

「瓚熙……」朴炎彬眼裡滿是莫可奈何。如果可以，他也很希望自己能在他們身邊，也想陪著楚瓚熙還有Fire Forever一起發光發熱，「對不起。」

只是命運弄人，現下他給不了楚瓚熙任何期待與承諾，唯有的也只是句抱歉。

「不要對不起，」看著朴炎彬無助的眼眸，楚瓚熙分外不捨，「既然我們能相處的時間已經不多了，那我們要更珍惜才對啊。況且你並沒有做錯任何事，不需要道歉。」

「答應我，」楚瓚熙往前挪，縮短了她與朴炎彬之間的距離，「從現在開始不准再搞失蹤，也不許對我說謊，無論是好消息還是壞消息，你都要老實告訴我，我們一起承擔。」

「嗯。」朴炎彬點了點頭，「我答應妳。」

「那……」得到首肯後，楚瓚熙還是忍不住又想把事情問明白，「你真的不喜歡我？」

「我、我我……」朴炎彬支支吾吾、眼神閃爍。

「不許說謊！」楚瓚熙提醒：「剛剛你已經答應我要誠實了，君子一言既出，駟馬難追喔！」

「……喜歡，」雖然身體處於透明的狀態，但朴炎彬滿臉通紅的模樣仍然清晰地映在楚瓚熙眼底。「沒有不喜歡，反而是很喜歡啦！」

一聽到朴炎彬說喜歡，楚瓚熙馬上破涕為笑，還忍不住淘氣地追問：「哪種喜歡？是出自於偶像愛惜粉絲的錯覺嗎？」

「不、不是……」朴炎彬一張臉紅得像被煮熟的蝦子。

「嗯？」楚瓚熙想起前陣子朴炎彬對自己說謊，害她傷透了心，便又故意地問：「不然是？」

「好啦好啦，」朴炎彬害羞地轉過身，看都不敢看楚瓚熙一眼，「愛情的那種喜歡，普通人對普通人那樣的喜歡，就像妳對我的那種喜歡！」

「真的啊？」楚瓚熙繞到朴炎彬面前，瞬間被朴炎彬害羞的可愛模樣給逗樂，但她卻又刻意擺起臉色跟他算帳，「我才不相信，那你之前幹麼說對我是朋友的那種喜歡？」

朴炎彬正色道：「還不都因為我怕我走了以後妳會難過，所以……與其留一個毫無用處的懸念給妳，不如就乾脆別讓妳有任何期待。我已經傷害過蜜兒，不能再傷害妳了。」

「笨蛋，」楚瓚熙對朴炎彬這樣自以為是的體貼很不贊同，「與其因為害怕傷害我而說謊，你還不如老老實實地坦白，這樣我們就不會浪費這麼多時間了；如果你早點說清楚的話，我們也不會糾結這麼久，你也不用搞失蹤，我們原本明明可以好好度過這段時間的。」

「我……」楚瓚熙說得沒錯啊，他真的是愚蠢到了一個極點，白白浪費了他倆可以好好相處的時光。

「沒關係，」楚瓚熙笑了笑，「不晚，反正現在還來得及，剩下的日子我們好好珍惜就是了。」

「嗯。」朴炎彬也笑著點了點頭。

「欸楚瓚熙……」兩人又哭又笑了好一會兒後，已經累癱在床上快要睡著，此時，朴炎彬又開口喚她。

半夢半醒間，楚瓚熙沒有太多睜眼的力氣，只輕輕喃喃地問了聲：「幹麼？」

朦朧間，楚瓚熙意識又變得更加模糊，在她快要完全進入夢鄉之前，彷彿聽到朴炎彬在她耳邊溫聲地說——

「我喜歡妳。」

☆　☆　☆

「嗨。」隔日，在楚瓚熙和朴炎彬剛進入練團室，打算為稍後的團練作準備時，比他們早到且許久沒和楚瓚熙說上話的宋云圭，竟主動上前與楚瓚熙打招呼。

「嗯、嗨。」也許是尷尬尚存，加上朴炎彬又在身邊，所以楚瓚熙仍不甚自在。

「那天……」宋云圭拉了拉衣領、又搓了搓鼻尖，看起來也沒比楚瓚熙輕鬆到哪去，然後又過了好一會兒才講出下文：「對不起，我那天太衝動了。」

大概是沒想過這樣高冷的宋云圭，居然也會有向自己低頭的一天，所以楚瓚熙在聽見這話的當下還真有些驚訝。

「沒事啦，」雖然說不在意那天的那個誤會、那個吻絕對是騙人的，但看在宋云圭已經這麼有誠意的份上，她也並非鼠肚雞腸之人，況且揮別尷尬也能有助於練團，何樂不為？「沒關係，都過去了。」

「嗯，」宋云圭點了頭後又接著問：「我那兄弟應該還在生我的氣吧？畢竟我假扮成他。」

「沒有，」楚瓚熙看了一眼朴炎彬後說：「他才捨不得生你這個好兄弟的氣。」

朴炎彬也附和：「雖然你假扮成我，騙了我的瓚熙，但誰叫你是我兄弟，就不跟你計較了。」

「那就好，」聽了楚瓚熙這麼說後，宋云圭總算鬆了一口氣，「妳放心吧，我以後不會再這樣騙妳了，然後請真的不要覺得會介入我的世界或打亂我的生活，如果你們還信得過我，需要借身的話，隨時。」

楚瓚熙向宋云圭道謝後搖了搖頭，「之後應該不用了。」

「不用了？為什麼？我……」

聽出宋云圭似乎誤會了自己的意思，楚瓚熙趕快出聲解釋，「都說不怪你，也沒跟你生氣了，所以不要緊張啦。不用的意思是，不久後朴炎彬就要離開了，所以我們打算維持這樣的生活模式就好，不想再這麼麻煩。」

「等等，」聽到了關鍵字，宋云圭也很驚訝，「不久後就要離開了？什麼時候？」

楚瓚熙淡淡地說：「生日紀念大賽複賽的前一週。」

「為什麼這麼突然？」

「對啊對啊，既然是炎彬哥的生日紀念歌唱大賽，那他這個大家長怎麼可以不在？」

「就是說啊，誰規定他只能留到大賽前一週的？我拿鼓棒找他理論去！」

忽然，練團室的大門再度被打開，蝦子、小虎和金毛三人一起走進來，恰巧聽見楚瓚熙和宋云圭的對話便忍不住出聲附和。

「你們……」聽了大夥兒的話，朴炎彬感動地熱淚盈眶，「我果然沒白交你們這些兄弟！」

「沒有轉圜的餘地了嗎？」沒能讓朴炎彬感動太久，小虎馬上將話題再度抓回，「不然留到比賽之後再走也可以啊，沒差那幾天吧？」

「對啊！」蝦子也跟著應和，「才只多一星期，沒關係吧？那這樣要去求誰？城隍爺？閻王？地藏王菩薩？啊，不管啦，求！都求！我明天就去拜拜！」

「也算我一個！」金毛仗義，「我也要加一！」

「我也要去！」小虎不落人後，喊著明天去的時候，帶上他一起。

大夥兒們的一番話把朴炎彬感動得不知道要說什麼才好，只能不斷道謝，並約定好來世還要再相見。

「那個，不瞞大家說，」終於，楚瓚熙開口向大家道出了這個祕密：「其實朴炎彬他大部分的時候都在我身邊，我們練唱、練團的時候，他也幾乎都陪著，而現在他就活生生地在現場，就站在我左邊。」

「我們知道啊，」小虎眨了眨眼，語氣非常肯定，「其實我們都知道喔。」

「對啊，」蝦子也這麼說：「瓚熙，我記得初次見到妳的時候，宋云圭這傢伙就說過朴炎彬有來拜託妳幫他復團的事，雖然一開始曾經懷疑過，但事到如今我們深信不疑。」

「對啊對啊，」連最鐵齒的金毛也贊同：「反正我也說不上來啦，但我總能感覺到，我們的好兄弟朴炎彬就在我們身邊沒有離開。」

聽見大家說的話後，楚瓚熙和朴炎彬相望了眼，覺得這群隊友今天給他們的感動和驚喜實在數不勝數。

「所以朴炎彬，你放心吧，」還不只如此，在開始練團前，宋云圭再加碼：「就算我們明天求神拜佛完仍然無果，我這個團長也會竭盡全力，在複賽那天帶領Fire Forever拿到冠軍，不讓你失望！」

Chapter 10

為你唱首心光燦爛

The Eternal Flame
of Fire Forever

「怎麼了？」幾天後的練團散會後，楚瓚熙刻意支開朴炎彬，私下去找宋云圭討論一件事。

「你能不能跟主辦單位說，要他們再多給我們一首歌的時間？無論那天朴炎彬還在不在，我都想把一首歌送給他。」楚瓚熙深知這個機率很渺茫，但她還是想要試一試。

「妳是指〈編號六號〉？」不愧是宋云圭，一猜就中，「妳是想在比賽的最後加唱〈編號六號〉嗎？」

「嗯，」楚瓚熙點頭，「可以嗎？你幫我問問看。」

「也不是不行，」只是有但書，身為已經把比賽規則倒背如流的團長，宋云圭也有點為難，「可是想要加唱，必須要拿到冠軍才有資格，其他非冠軍的隊伍沒有辦法，就算我們是被特別邀請進去的種子隊伍，也不能破例。」

「好，」宋云圭的回答更加堅定了楚瓚熙要拿到冠軍的決心，因為〈編號六號〉這首歌不只填上了新的詞，還有了一個全新的名字，她想在朴炎彬生日這天親口告訴他，並親自唱給他聽。「那就請團長從明天開始嚴苛一些，這樣我們Fire Forever才能順利過關斬將。」

宋云圭也果真照楚瓚熙所要求的，拿出比十萬伏特還強的電力鞭策大家練習，本來以為依照Fire Forever內部那股血氣方剛的勁兒，勢必會因為衝突而落下幾場腥風血雨，楚瓚熙也已經做好了要頻頻調停的心理準備，豈料大家都相當配合，甚至也會一起設想更好的表演方式，這讓楚瓚熙險些跌破了眼鏡。

「沒辦法啊，宋云圭那傢伙說過，妳想唱〈編號六號〉給朴炎彬聽，我們也很想，況且我們也已經答應過他會盡力爭取冠軍了，總不能讓他這個樂團的創始者沒面子吧。」

「對啊，既然我們說要讓炎彬哥驕傲，那就一定會做到。」

「對啦，雖然很不爽，但看在要拿第一的份上，我忍啦。」

這些是楚瓚熙基於好奇的情況下問到的答案。

楚瓚熙當下簡直不敢相信自己的耳朵，可見Fire Forever真的十分重視這次的複賽；而且為了想給朴炎彬這個驚喜，每次他們要練〈編號六號〉時都還得找各種理由支開朴炎彬，若朴炎彬不信，大家就必須花更多時間哄他，搞得他們時常練到三更半夜。但就像金毛講的那樣，沒關係，為了拿第一，他們再難再苦也願意。

只是朴炎彬這個事主就無法諒解了，大概是大家能找的由頭都輪流用過了，找不到藉口就又會重複使用，最後朴炎彬總算忍無可忍，連哄也不讓他們哄過，逼著楚瓚熙非得說出實情，Fire Forever除了練習複賽的歌之外，葫蘆裡究竟還賣了什麼藥？

「說實話喔楚瓚熙，我們約定過了，」朴炎彬瞇起他那雙好看的桃花眼，一副興師問罪的架勢。「你們到底在幹麼？為什麼都不讓我知道？如果有困難可以說啊，我好歹也是紅極一時的男歌手，給你們一點建議也不難，作弊就更算不上了，反正我不是評審，到底有什麼好對我隱瞞的？」

「沒有啊，」楚瓚熙微笑，盡量讓自己的表情看起來自然一些，「我們哪有騙你什麼，我們一直都很認真在練複賽啊，你不也看到了？我們可是越練越好了呢。」

「我要聽實話！」不給楚瓚熙躲避的空間，朴炎彬將楚瓚熙逼到牆邊，幸好現在的朴炎彬只是縷魂魄，否則他這張斗大的俊顏就近在咫尺，難保楚瓚熙不會因此忘記呼吸或是直接湊上去偷襲。

「唉呦，」楚瓚熙求饒，「別問了，什麼實話我都可以告訴你，但就這個不行。」

「為什麼？」朴炎彬滿臉不解，「到底是什麼事？為什麼不行？」

「你別問了，我反正絕對不會告訴你，」然後楚瓚熙放軟語氣，近似懇求道：「如果你真的想知道，那你就別走；如果你真的不得不走……那至少看完我們的比賽再走。」

「瓚熙……」

「可以嗎？」換楚瓚熙逼近朴炎彬，「把我們的比賽看完再走。」

朴炎彬只能露出一抹苦笑，無言以對。

☆　☆　☆

快樂的日子總是過得飛快，轉瞬之間，朴炎彬要離開的這天終究還是到來。

說不上虛弱或是有那裡不適，朴炎彬只是感覺懶洋洋的，什麼事情都不想做，默默攤在楚瓚熙的床上傻笑。

但楚瓚熙就笑不出來了，看著越變越透明的朴炎彬，她終是不禁紅了眼眶。

「不要哭啦，瓚熙，」朴炎彬安慰，「不是早知道這天一定會來嗎？所以沒什麼好哭的，不要難過。」

看著朴炎彬一副事不關己的樂天模樣，楚瓚熙忍不住喝斥：「還笑！你就快要消失了知不知道！」

他們想要朴炎彬再多留一星期的願望還是沒能上達天聽，朴炎彬到最後索性也不掙扎了，直接乾脆地認命，連走的確切時間也已經跟人家約好了。

「我知道啊，」朴炎彬對楚瓚熙招招手，示意她到自己身邊陪他躺下，「來嘛。」

「你真的很討人厭，」嘴上雖然嫌棄，但楚瓚熙的身體卻很誠實，立刻爬到床上，在朴炎彬身邊躺下，「說來就來、說走就走，都不用顧慮旁人的感受，真的很自私。」

「對不起嘛，」朴炎彬伸手想替楚瓚熙拭淚，只可惜他做不到，「妳這樣我會走不開耶，到時候如果我因為這樣而不肯去報到，妳可是會受到懲罰的。」

「來啊，」楚瓚熙不服氣地表示：「罰就罰，我才不怕，如果罰我就可以讓你多留一下，那罰重一點也沒關係。」

「別啊！」朴炎彬才捨不得呢，捨不得他的瓚熙因為自己而被處罰，「好啦，真的不要難過了，答應我，我走後妳還是要好好吃飯、好好睡覺、好好練團、好好念書，一定要把自己照顧好，可以嗎？」

「不要，」楚瓚熙很誠實，說這種用膝蓋想就知道辦不到的事，她才不要勉強自己，「倒是你才該答應我，複賽那天你一定要回來吧！」

「就說不一定了啊，」如果可以，朴炎彬也很想完成大家最後的願望；如果可以，他就算遠在天邊也一定會趕回來，但是他真的沒有把握，「嗯……我盡量啦。」

「你要是沒有回來就死定了！」楚瓚熙威脅，並作勢捶了一下他的胸口，「而且你不也很想知道我們到底隱瞞你什麼嗎？如果你真的想知道，那天就一定要趕回來，否則你這輩子再也別想得到答案。」

「好嘛好嘛，我答應妳，我會盡量爭取，好不好？」

「欸，好啦，」點到為止，畢竟楚瓚熙也知道，這件事朴炎彬實在無法作主，「所以……你真的天亮後就會走了嗎？」

「嗯，」朴炎彬點點頭，「我也算是沒有遺憾了吧，體驗過大學生的生活，還讓Fire Forever恢復活動，我的願望都實現啦，而且現在還收穫了妳，我覺得人生最後這段日子也算是沒有白來。」

「收什麼穫，」楚瓚熙對朴炎彬的話不甚滿意，「搞得好像我是什麼寵物一樣，你就不能直接點說是女朋友嗎？」

「妳……」朴炎彬拗不過楚瓚熙，「好、好啦，女朋友。」

楚瓚熙滿意地點點頭，表示這還差不多，「你給我記好囉，等你明天走後，不管是去哪裡，都不許拈花惹草，要在另一個世界好好等我，知不知道？」

「好，」朴炎彬的眼神裡滿是不捨，同時也盈滿了寵溺，「我會好好等妳的，放心。但妳千萬不要苦苦等我喔，如果有遇到不錯的人就一定要好好把握。」

「你手伸出來，」對於朴炎彬的這句話，楚瓚熙沒有回應，只逕自朝他比出了個六，「未來會出現誰我管不著，但我要先預約你，我拜託你下輩子一定要當個正常人出現在我身邊，然後再喜歡我一次。下次呢……我要你先跟我告白，不只這樣，我下輩子還要你娶我！」

朴炎彬把手勾上去，但哭笑不得的表情卻讓楚瓚熙以為自己是在強搶民男。

「啊……算了算了，」楚瓚熙賭氣般地縮回手，「這麼心不甘情不願的，我不嫁了，不嫁給你了。」

「喂喂喂，我要娶！我要娶啦！」朴炎彬緊張得差點要從床上跳起來。

楚瓚熙嘴角噙著笑意，對朴炎彬的承諾很滿意，「你說到做到喔。」

「嗯。」朴炎彬用力地點了點頭，暗自發誓絕對不會忘記與楚瓚熙的約定。

「好了，」片刻後，朴炎彬開口：「很晚了，我的瓚熙該睡了。」

「我不要，」楚瓚熙拒絕，「我本來今晚就不打算睡覺，我要陪你一起度過最後這段時間。」

「那怎麼行？」朴炎彬搖了搖頭，「現在不睡，那妳明天上大刀教授的課怎麼會有精神？」

「沒精神就沒精神，大不了被多罰一份報告而已，」楚瓚熙不捨，「但我如果閉上眼睛，你就會真的不見了，我才不要。」

看著楚瓚熙依依難捨的眼神，朴炎彬竟也萌生了一點想要反抗命運的念頭，可隨後理智便阻止他這麼做。

雖然知道楚瓚熙還是能看見自己，但朴炎彬卻還是舉起了手，將楚瓚熙的雙眼摀了個嚴實。接著，他的聲音好似有種魔力，輕輕柔柔地將楚瓚熙哄睡。

「謝謝妳瓚熙，這段時間真多虧有妳。還有……雖然阿圭有時候真的蠻不討喜的，但我還是希望妳能看在我的面子上多包容他一些，我把Fire Forever還有我的下輩子都交給妳了，所以就算這輩子沒有我……也請妳一定要好好的，好好繼續過生活。」

最後，朴炎彬這席話迴盪在楚瓚熙耳邊，伴著她逐漸進入深沉的夢鄉。

隔天，預料之中，楚瓚熙身邊再沒有朴炎彬的身影，而這個世界也再不會有朴炎彬的氣息，就像是做了一場很美好的夢，所有的一切歸於平靜，彷彿與朴炎彬有關的這幾個月並不存在。

雖然楚瓚熙極度不適應、不習慣，也還不願意面對這個事實，但她知道沒有太多時間可以感傷，只有盡力振作、過好每天，方能實現與朴炎彬的承諾。

儘管好幾次她順路多買了一杯珍奶，回來之後卻只能苦笑朴炎彬已經不在；即便無數次，她看到好笑的東西想轉頭跟朴炎彬分享，但回應她的卻只剩孤獨的空蕩；就算夜深人靜的時候，她會因為思念朴炎彬而放聲大哭，可她還是努力讓自己看來安然無恙，只因她不想壞了Fire Forever的比賽興致，更不想在朴炎彬哪天突然回來時，看見自己狼狽的模樣。

加油，她對自己說，一定還在，朴炎彬他一定還在的。

☆　☆　☆

這天，總算迎來了「朴炎彬生日紀念歌唱大賽」，各方隊伍的努力成果終於可以展現在眾人面前。

此前已經有好幾個樂團表演完畢，每團無不大顯身手，運用各式各樣、各具特色的豐富歌舞讓現場的評審和觀眾都大飽眼福及耳福；甚至還有樂團融入歌劇、歌仔戲的表演形式，讓眾人耳目一新，而Fire Forever也正因此顯得憂心忡忡。

「哇，剛剛那個人怎麼那麼強，《魔笛》裡夜后的那段高音，他居然就這麼順利地飆上去，實在是實力輾壓啊！」

「剛剛那個唱〈身騎白馬〉的也很經典啊，這已經不是歌唱比賽，是藝術表演了吧！」

「我的天啊！怎麼大家都這麼強？這樣我們要怎麼拿第一？」

「別長他人志氣，滅自己威風好嗎？」身為團長的宋云圭對團員們的喪氣話不甚滿意，

「我們也沒日沒夜地練很久，而且我們要演唱的歌，都是我們自己親手填的詞、譜的曲，世上絕無僅有，所以要對自己有信心。楚瓚熙，妳說是吧？」

「沒錯，」雖然有點忐忑，也有些緊張，但楚瓚熙仍是抬頭挺胸地說：「Fire Forever一定不會輸給別人。」

「這就對了！」宋云圭彈了一個響指，「好了，再沒幾團就換我們了，各自都把自己的狀態調整好，別緊張，我們是一個團隊，隊友們都在，不要怕！」

「好。」蝦子點頭，伸出右手示意大家疊上去——

「創始者也在！」楚瓚熙在疊上了自己的右手後，也將代表朴炎彬的左手疊到了最上層。

接著大夥兒在異口同聲喊了：「Fire Forever！加油！加油！加油！」後便走上臺。

開始表演前，臺下那些Fire Forever的粉絲已經開始躁動，紛紛舉牌揮舞、搖旗吶喊著為他們加油，而團裡的五人也為了表達對台下粉絲的謝意，手牽手走到臺前對臺下深深一鞠躬，才各就各位準備表演。

隨著宋云圭的一個點頭和一個眼神，金毛的鼓棒敲下了節拍，他們的表演就此開始。

伴著樂器的旋律，楚瓚熙那沉穩清雅的嗓音落下，就像溫暖的陽光灑落在現場的每個角落，也迴盪在每個觀眾的心中。

百轉千迴、起起伏伏，楚瓚熙的自信也充分體現在這場表演之中，是大方是從容，曾經那不相信自己能辦到的自卑心態已不復存在，唯有朴炎彬那句：「再怎麼樣Fire Forever都是我的責任，我不會因為急著想要復團就隨便找人濫竽充數，我說想讓妳當主唱是真的、喜歡妳的歌聲也是真的！」在她內心震天價響。

而從前她那最為人詬病，也最讓她感到不被認同的句尾抖音，在不知不覺間更成了她的指標，漸強漸弱控制得宜，婉轉動聽。

來到副歌，楚瓚熙則緊緊攥著手裡的麥克風，除了鼓手金毛以外的其他三位樂手朝舞台四周走去，楚瓚熙則單獨留在舞台正中央，開始隨著旋律翩翩起舞。

若論辛苦，楚瓚熙絕對當之無愧，除了唱歌還要兼顧跳舞，而這幾個月的練習果然沒有白費，楚瓚熙不只舞步穩健優美，連帶歌聲也聽不出喘息，站在C位的她簡直就像一朵盛開的花，魅力無人可敵。

曲畢，臺下傳來了此起彼落的掌聲，楚瓚熙綻放出一個大大的笑容看向身邊的隊友，而其他人也紛紛回以燦爛的笑臉。

「做得很好，」宋云圭難得誇獎她：「真的，妳今天不管是唱歌還是跳舞，都很好。」

「對啊，」蝦子也說：「不只好，比練習的時候更好，妳剛剛的那聲高音，一點也不輸前面那位夜后。」

「很美很美！」小虎也說：「瓚熙姐最後的那個轉圈華麗麗啊！」

而平常看似大喇喇的金毛居然還感動地哭了，「不管啦，不准笑！在我心中，Fire Forever就是今晚的第一名了！」

最讓人震驚的還有這位，在他們表演結束走下臺時，迎面而來的翁茜茜。

「對不起，」翁茜茜說：「你們上次初賽的那首歌，確實是我們從你們那裡偷來的。」

「妳！」聽到翁茜茜的話，金毛氣得差點就要出手打人，幸好被蝦子和宋云圭即時攔住。

「那是我們很重要的心血，」楚瓚熙說：「所以我們不會這麼輕易就原諒妳。」

「我都道歉了，在網路上也幾乎神隱，妳還想我怎樣？」翁茜茜理直氣壯的態度令人不悅。

但楚瓚熙沒有計較，只說了句：「我沒有要妳怎樣，只希望妳繼續創作屬於自己的歌，畢竟逃避是沒有辦法解決問題的。」

「妳真的……這麼想？」翁茜茜對楚瓚熙的話有些不敢置信，本來她以為楚瓚熙口中所說的「不會輕易原諒她」，是打算繼續打壓她的意思，沒想到楚瓚熙居然鼓勵自己繼續創作？

「對啊，」楚瓚熙說：「雖然我真的很討厭妳，但妳的歌聲確實也很有特色。繼續加油吧，未來舞臺上見。」

說完，楚瓚熙便轉身對還愣在原地的翁茜茜瀟灑地揮了揮手，她的這個舉動也讓Fire Forever的眾人很是欣慰。

「瓚熙真的長大了。」蝦子說。

「對啊，」金毛的淚還沒止住，「真的長大了，一點也不像剛見面那時，對自己有夠沒信心的。」

「嗯，」宋云圭也跟著點了點頭，「如果朴炎彬看到她現在的模樣，應該也會很高興吧。」

「喂喂，」小虎不服氣地噘起嘴，「我也有長大耶，你們看我今晚吉他彈得多好，怎麼也不誇誇我，誇誇我嘛！」

「好啦好啦，」金毛拭去眼淚，「都很棒啦！這樣以後我就不用拿鼓棒打人了。」

今晚的比賽到了尾聲，這也意味著最緊張刺激的時候到了——

「欸，各位哥，還有瓚熙姐，你們說……炎彬哥他今晚有回來嗎？」主持人手上拿著得獎名單走上臺，在準備公布名次之前，小虎突然這麼問。

「會吧，」蝦子說，「我們的表演這麼精彩，他沒道理不回來看。」

「應該會吧，」金毛也附和：「他如果今天沒回來，改天我的鼓棒就只打他。」

「嗯，」宋云圭神色焦急地看了楚瓚熙一眼，「他應該有回來吧，妳有感應到嗎？」

緊接著，臺上的主持人開始從最後面的獎項逐一公布名次，當公布的越來越往前時，現場也逐漸進入緊張的氣氛，而他們五個人握著的手也就越來越緊……

「我、我……」搖了搖頭，楚瓚熙的臉上寫滿了失落，「沒有，我也一直在等他，可是從頭到尾都還是沒有看見他。你們說……他等一下還會來嗎？」

「會的，」蝦子安慰，「一定會的！」

「對啊，」小虎說：「否則他要怎麼聽到我們為他準備那首歌呢？你們說是不是？」

「第三名：」越來越接近了，臺上的主持人就快要公布到第一名了：「第三名是！搖滾吧魔笛樂團！」

「第一名——」大夥兒手已經生疼，卻仍舊還是緊握著彼此。楚瓚熙咬著下脣，低聲向遠在他方的朴炎彬祈求，請一定要讓Fire Forever得冠軍——

「Fire Forever！」終於，皇天不負苦心人，在主持人念出他們的團名時，他們激動得又叫又跳，本來以為就算不得第一，至少也還有後面一點的名次，但唸到第二名都還不是他們的時候，他們緊張到都快哭了，沒想到竟如願拿到了冠軍！

「太棒了！」他們五人抱成一團哭得亂七八糟，「我們辦到了！」

「對啊！」楚瓚熙臉上溢滿笑容，但就還是缺少了些什麼。

「會回來吧？」她暗自在心裡與朴炎彬對話，「那個瞞著你的祕密，我們終於就要揭曉了，你再不回來的話，這輩子就真的不會知道了。」

但是仍然沒有人回應楚瓚熙。

即便如此，最後這首歌他們還是會繼續唱，不論朴炎彬在不在，他們依然要讓朴炎彬為現在的Fire Forever感到驕傲，因為他的〈編號六號〉已不再是只有編號的曲目，現在，這首歌有了新的歌詞、新的靈魂，並也有了新的歌名——

就叫〈心光燦爛〉。

「準備好了嗎？」領獎完，後臺的工作人員催促著Fire Forever，並幫他們把各自的樂器再度搬上臺。

當樂器再次被奏響，熟悉的旋律縈繞全場，沒有什麼奢華的安排及和弦，有的只是最初的純粹。

那和朴炎彬相處的每一天，就像是幻燈片，隨著歌聲，一幕幕清晰地湧現。

「記好囉，這首歌的名字是〈心光燦爛〉。『心』是心臟的心，不是『星星』的星。」

像是深怕朴炎彬不知道那樣，楚瓚熙在心裡喃喃地與他解釋。

「知道為什麼嗎？因為就算你離開了，你也依舊還是會在我的心裡持續發光、一直燦爛，所以你給我記住囉，下輩子一定要回來找我！不許食言喔！」

霎那，楚瓚熙她彷彿聽到了朴炎彬那條手鍊隱約發出的聲響——

叮鈴、叮鈴。

耳邊也響起了她再熟悉不過的聲音，帶著笑意告訴她：「一定。」

【全文完】

後記

你們就是我的心光燦爛

The Eternal Flame
of Fire Forever

哇哇哇哇哇哇哇哇哇哇！啊啊啊啊啊啊啊啊啊啊！耶耶耶耶耶耶耶耶耶耶！不好意思大家，請先容我大聲亂叫一下，因為我實在太開心！太感動了！

寫了十年，這是我第一次收到過稿通知。

從我開始寫小說那天，我就幻想我的作品可以出版成實體書好幾、好幾、好幾次，現在，我的這個願望終於實現了。

這一路走來實屬不易，除了幻想好幾次可以實現出版的願望，我也已經數不清在收到各種退稿信與比賽失利後，好幾次都想要放棄寫小說了。

所以現在回頭看，真的很想抱抱以前的自己，很想跟她說聲辛苦了，也很謝謝她一直這麼努力、這麼堅持，才能讓現在的我有這個機會。

當然，除了謝謝我自己，我也想謝謝同為作家、我的五專同學苡歡，謝謝她把我帶進創作網路小說的世界，我也想謝謝你們，如果沒有你們不離不棄地一路相伴，如果沒有你們在我的每個低潮給我鼓勵打氣，我怕是也沒有辦法撐到如今。

寫小說為我帶來的驚喜實在太多太多，這一路上收穫的感動真的滿滿滿，甚至也讓我交到了很多文友、讀者朋友及設計師朋友，我真的感激不盡。

我還想謝謝我現實生活中的好閨蜜，阿家、阿美還有阿驊，謝謝妳們陪我作夢，永遠支持我的天馬行空，每每都耐心聽我傾訴，陪我跌跌撞撞哭得亂七八糟，然後再收拾好眼淚繼續向前。

感謝秀威願意給我這個出版的機會，感謝我的責編芮瑜幫了我好多忙，替我注意很多小細節，讓這個故事能以更好的面貌呈現給各位讀者。

還有我想謝謝我的封面設計師也津，他總帶給我很多正能量，始終相互扶持、不離不棄，甚至儘管自己考試在即，也仍二話不說接下了我的委託，讓我第一次出版，就有他的美麗設計陪我一起，實屬我的榮幸！然後其實一直到前陣子，我都還很後悔為何自己要貿然從中部離職回鄉，但現在我反而很感謝自己當時做了那樣的決定，就是因為回來了，這個故事才得以繼續，也才能有機會變成實體書。

噢對了，我還想謝謝瓚熙、炎彬、云圭還有Fire Forever全體，謝謝他們陪我勇敢、給我勇氣，繼歌唱選秀節目海選落選後，我又陸續參加了經紀公司的培訓海選以及各種歌唱比賽，雖然目前都還是以失敗告終，但我依然會繼續唱下去，就像「Fire Forever」這個名字一樣，把對歌唱的熱愛永遠延續。

然後，我想再跟看到這裡的你們說謝謝，謝謝你們翻開這本書，謝謝你們來聽我說這個故事，謝謝你們成為我的心光燦爛！最後，願我們所有的努力與付出，都能迎來豐盛美滿的禮物。

那麼，就期待我們下次還有機會可以再見囉！

2023/03/03，23:25

Lavender於家中電腦前

要青春108　PG2937

要有光
FIAT LUX

為你唱首心光燦爛

作　　者	Lavender
責任編輯	劉芮瑜
圖文排版	陳彥妏
封面設計	也　津
封面完稿	王嵩賀

出版策劃	要有光
發 行 人	宋政坤
法律顧問	毛國樑　律師
印製發行	秀威資訊科技股份有限公司 114台北市內湖區瑞光路76巷65號1樓 電話：+886-2-2796-3638　傳真：+886-2-2796-1377 http://www.showwe.com.tw
劃撥帳號	19563868　戶名：秀威資訊科技股份有限公司 讀者服務信箱：service@showwe.com.tw
展售門市	國家書店（松江門市） 104台北市中山區松江路209號1樓 電話：+886-2-2518-0207　傳真：+886-2-2518-0778
網路訂購	秀威網路書店：https://store.showwe.tw 國家網路書店：https://www.govbooks.com.tw
總 經 銷	聯合發行股份有限公司 231新北市新店區寶橋路235巷6弄6號4F 電話：+886-2-2917-8022　傳真：+886-2-2915-6275

出版日期	2023年7月　BOD一版
定　　價	290元

讀者回函卡

Printed in Taiwan

國家圖書館出版品預行編目

為你唱首心光燦爛 / Lavender著. -- 一版. --
臺北市 : 要有光, 2023.07
面；　公分. -- (要青春 ; 108)
BOD版
ISBN 978-626-7058-93-0(平裝)

863.57　　　112008697